いもうと

剣客太平記

岡本さとる

時代小説文庫

角川春樹事務所

目次

主な登場人物紹介

峡《はざま》竜蔵《りゅうぞう》◆三田に師・藤川《ふじかわ》弥司郎右衛門《やじろうえもん》近義《ちかよし》より受け継いだ、
直心影流の道場を持つ、若き剣客。

竹中《たけなか》庄太夫《しょうだゆう》◆四十過ぎの浪人。筆と算盤《そろばん》を得意とする竜蔵の一番弟子。

お才《さい》◆三田同朋町に住む、常磐津の師匠。竜蔵の昔馴染み。

綾《あや》◆藤川弥司郎右衛門近義の高弟・故 森原《もりはら》太兵衛《たへえ》の娘。

眞壁《まかべ》清十郎《せいじゅうろう》◆大目付・佐原《さはら》信濃守《しなののかみ》康秀《やすひで》の側用人。

神森《かみもり》新吾《しんご》◆貧乏御家人の息子。竜蔵の二番弟子。

清兵衛《せいべえ》◆芝神明の見世物小屋〝濱清《はませい》〟の主。芝界隈の香具師《やし》の元締。

峡 虎蔵《とらぞう》◆竜蔵の亡父。河豚《ふぐ》の毒にあたり客死。
藤川弥司郎右衛門近義の高弟であった。

志津《しづ》◆竜蔵の母。竜蔵十歳の時夫婦別れ。中原大樹の娘。

中原《なかはら》大樹《たいじゅ》◆国学者。竜蔵の祖父。娘・志津と共に学問所を営む。

いもうと

剣客太平記

第一話　上意討ち

一

松の内もとうに明けた。

寛政十二年（一八〇〇）を迎えた江戸は、屠蘇《とそ》機嫌からすっかりと落ち着きを取り戻し、新たな賑《にぎ》わいを見せていた。

この日の昼下がり――。

飯倉神明宮《いいくらしんめいぐう》の門前を、峡竜蔵《はざまりゅうぞう》は、その剣の弟子・竹中庄太夫《たけなかしょうだゆう》と連れ立って歩いていた。

昨年と比べると、はるかに松の内の間は多忙を極めた竜蔵であった。

三田《みた》二丁目に道場を構えて独りで暮らし始めたばかりの頃と違って、今は、竹中庄太夫、神森新吾《かみもりしんご》と、たった二人とはいえ弟子もできた。

庄太夫は竜蔵より十四歳も歳上で、その年の功と知識を生かし、あれこれ峡道場の行事を定めたものだから、年頭にあたっての挨拶《あいさつ》の儀や、初稽古《げいこ》などの段取りも粛々と進められたし、昨年から剣術指南《しなん》に赴《おもむ》く、大目付・佐原信濃守《さはらしなののかみ》の屋敷へも顔を出さねばならなかった。

武家としては充実しているといえるが、

「庄さん、やっぱりおれは、正月であろうが節句であろうが、ただ好きなだけ道場で刀を振っていたいよ……」

それが本音だと溜息《ためいき》交じりに竜蔵は言う。すると庄太夫は、

「どのような時でも平常心を忘れぬ……。先生のお心がけは真《まこと》にもって御立派ではございますが、武家として生きる限りは、儀式、典礼を避けて通るわけには参りませぬ。日頃よりこれに慣れておくにこしたことはござりませぬ」

などと、いつもながらの妙な説得力で竜蔵を宥《なだ》める――。

風変わりな師弟の絶妙のやりとりは今年もこうして続いている。

今日は、若き門人の神森新吾は家に来客があるとのことで稽古を休んでいた。四十俵取りの貧乏御家人《ごけにん》とはいえ、新吾は幕臣・神森文蔵《ぶんぞう》の跡を継ぐ身であり、彼もまた儀式、典礼から逃れられない身の上であるようだ。

いつもは庄太夫が菜を持ち込み、師弟三人仲良く飯を炊いて中食《ちゆうじき》を取るのが、峡道

場の日常なのであるが、今日は二人でそばでも食べようと話はまとまり、竜蔵と庄太夫は飯倉神明宮門前の〝榛名庵《はるなあん》〟というそば屋で、生姜《しょうが》がきいた餡掛《あんかけ》を食べた帰りであった。

飯倉神明宮は、芝の神明宮と呼ばれ、江戸の南郊における最大の盛り場が社《やしろ》の周囲に広がり人通りが絶えない。

「おお、居た、居た……」

竜蔵はその中で、子供達相手に笛を売っている一人の行商人の姿を認めて目を細めた。

行商人は、太一《たいち》という三十絡みの男で、少し小振りの菅笠《すげがさ》を被《かぶ》り、殆《ほとん》ど言葉を発しない替わりに、竹笛を手に取っては、鶯《うぐいす》や雀《すずめ》の鳴き声を真似《まね》て吹き、子供の関心を引いていた。

「ほう、これはまた見事な鳥の音《ね》でござるな。先生のお知り合いで」

庄太夫は、竜蔵の目線を追って頬笑《ほほえ》んだ。

笛売りの立居振舞は何とも落ち着いていて、子供達を見る目は優しげである。そして、その表情にはそこはかとなく哀愁が漂っているように思われた。

「知り合いというほどのもんじゃねえんだが、あれはたいいさんといってな。どういうわけだか、気になる男なんだ」

竜蔵は庄太夫にそう言うと、

「どうだい、たいさん、売れているかい」

と、太一に声をかけた。

太一は菅笠の下から竜蔵ににこりと頬笑むと、雀の鳴き声を派手に奏《かな》でた。

「そいつはよかったな！」

竜蔵は大きく手を振ると、その場を通り過ぎた。

「今のは、笛が売れているという答えでございますかな」

庄太夫が尋ねた。

「まあそんなところだな。売れてねえ時は寂しく、チュンチュン吹くだけだ」

竜蔵の話によると、一昨年の夏に三田二丁目の道場に移り住んでからというもの、道場にほど近い芝の神明をうろつく度《たび》に、この笛売りの姿を見かけ、互いに会釈を交わすようになったという。

無口な男で、竜蔵が何か声をかけると、件《くだん》の如《ごと》く笛で応《こた》える。

竜蔵の気性ならば、

「手前、人が尋ねているのに、笛で返事をするとはどういう料簡だ馬鹿野郎！」

と、なりかねないが、この男がそれをすると不思議に嫌味《いやみ》がなく、鳥の言葉として受け止めてしまうからおもしろい。

それでも、この一年半近くの間に、笛売りが〝太一〟という名であることまでは聞くことができた。

ある日竜蔵が、境内で俄《にわか》に始まった悪童達の喧嘩《けんか》を、

「こら、お前達、おれに尻を叩《たた》かれたいか……」

と、たちまち仲裁して、仲直りをする子供達に、太一の笛を買い与えてやったことがあった。

「旦那《だんな》は子供の喧嘩の仲裁までおやりになるんですねえ……」

峡竜蔵の噂《うわさ》は聞き及んでいると見え、太一はそう言うと、少し恥ずかしそうに、

「私は太一と申します……」

と、名乗ったものだ。

子供達には限りない優しさをこめた目で接するが、他の大人には人見知りの激しいこの男が名を教えたところを見る限り、太一もまた、竜蔵には心を開いたと思える。

だからと言って、竜蔵は、

「おう、たいさん、商売繁盛で何よりだなあ」

「今日はあいにくの雨だな」

「真夏に鶯の声が聞けるとは乙《おつ》だねえ……」

などと、大概の場合は、一言声をかけるだけで通り過ぎる。

そんな日々が続いていた。

「それがようございますよ」

庄太夫は竜蔵に神妙な表情を向けた。

「あのお人は何とも味わいのある男ではありますが、おれにはあまり関わってくれるな……。そんな言葉が体中からこぼれ出ているような気が致します」

「うむ、庄さんもそう思うかい」

「はい」

「おれはたいさんがただの笛売りには見えねえんだ。あれは元は武士だぜ。しかも、かなり腕が立つような……」

「それなら尚《なお》のこと、理由《わけ》がありそうです。そうっとしておいた方がようございましょう」

「そうなんだ……。そいつはそうなんだが、どうも気になるんだなぁ、あの太一って男のことが……」

庄太夫が言うようにそっとしておくべきだとは思うのだが、ちょっとの間会わないとどうも寂しい――。

曰《いわ》く言い難いのだが、太一の笑顔を見ると、日々の平安を確かめられて、何やらほっとさせられるのだ。

それからしばらくして。赤坂清水谷にある佐原信濃守邸への出稽古の帰り、竜蔵は無性《むしょう》に太一の吹く竹笛が聞きたくなって再び芝神明へと立ち寄った。

それはまさしく、芝神明の祭神・天照皇大御神《あまてらすすめおおみかみ》と豊受《とようけ》大御神が、太一の身に迫りつつある危難を竜蔵に囁《ささや》いたと言うしかない。

芝神明の境内《けいだい》へ入ると、竜蔵の耳に武士の怒声が届いた。

「この無礼者めが！」

「おのれ、その生意気な面《つら》はなんだ！」

「思い知らせてくれるわ！」

遠く向こうの方で、酔態の武士が三人、旅の親子に乱暴を働いている様子が見える。

幼ない息子がこの人混みの中、武士の一人の足を踏んだ。

それを、たわけ者めがと酔った勢いで武士が蹴《け》りとばす。

父親は息子を庇《かば》って武士に詫《わ》びるが、幼子《おさなご》に足を踏まれたくらいで、武士たる者がいきりたって蹴りとばすとは何という無慈悲なことであろうかと、その表情には憤《いきどお》りが浮かぶ。

酔態の武士にはそれが気に入らない。

類は友を呼ぶのであろう。他の二人も武士の無体《むたい》を窘《たしな》めるどころかかえってこれを煽《あお》り立て、件の如き見苦しい怒声を浴びせながら乱暴に及んだのである。

哀れ旅の男は幼子を庇い、蹴られ、踏まれ、大刀《だいとう》の鐺《こじり》で突つかれる惨状――。

通り掛かりの人々は武士達の狼藉《ろうぜき》に怒りの目を向けるが、三人の武士はいずれもなかなかの偉丈夫《いじょうふ》で、酔ってだんびらを手に暴れている所へ割って入れない。

この三人とて、見れば何処《どこ》かの大名家の家士《かし》であると思われる。

白昼、衆人環視の中狼藉を働けば厳しいお咎《とが》めを受けるのは必定《ひつじょう》であるのに、一旦火がついた怒りを抑えることができないようだ。

――あの田舎《いなか》侍め、ふざけた真似をしやがって。

剣俠《けんきょう》――剣に長じ俠気ある人。

それが信条の峡竜蔵にとって見逃せることではない。

狼藉の場に向かって走り出した時――。

竜蔵の到着を待たずに、救いの神が現れた。

救いの神は、すたすたと境内の一隅の繁《しげ》みから姿を現したかと思うと、鐺で旅の親子を突ついていた一人の脾腹《ひばら》に拳《こぶし》を突き入れた。

「うッ……」

一人の武士は低く呻《うめ》くとその場に屈《かが》み込んだ。

その刹那《せつな》、救いの神は武士から大刀を取りあげて、

「な、何だお前は……！」

と、慌てて刀の柄《つか》に手をかける二人の武士を、大刀の鞘《さや》であしらった。

一人は鳩尾《みぞおち》に突きを喰《く》らい、もう一人は刀を抜きかけたところを足を払われ、倒れたところを鐺で嫌という程太股《ふともも》を突かれた。

「うわァ……！」

悲鳴をあげた武士は、子供に足を踏まれて逆上したたわけ者である。

思わず見物人から喝采《かっさい》があがった。

たちまちのうちに三人の武士を叩《たた》きのめした救いの神を見て、竜蔵は唸《うな》り声をあげた。

「たいさん……」

小振りの菅笠を被ったその姿は、笛売りの太一であった。

「さあ、早く！」

太一は旅の親子にこの場から立ち去るよう促《うなが》した。

「いいから早く……」

旅の親子が手を合わせるのもまどろこしいとばかりに、太一は親子を逃がすと、

「御役人が来なさったぞ！」

寺社奉行《じしやぶぎよう》配下の来着を報《しら》せる声があがる中、自《みずか》らもその場からそそくさと立ち去った。

「大したもんだ……。只者《ただもの》ではねえと思ったが、かなりの凄腕《すごうで》だ……」

竜蔵は、太一の最初の一撃を見た途端、自分が出るまでもなかろうと、太一の手並を遠巻きに見つめていた。見るに見かねた町の衆が無我夢中で助けに入ったかのように見せかけてはいるが、ひたすらに武芸の修行を積んできた竜蔵には、それが明らかに太一の手練《しゆれん》による〝余裕〟が成せる業《わざ》であることは窺《うかが》い知れる。

そしてその感動と衝撃が、竜蔵の身体を自《おの》ずと太一が立ち去った方向へと向かわせていた。

太一は神明宮の境内を出ると、真に素早い身のこなしで町家の細道をすり抜けて行く。

竜蔵はそれをそっと追いかけたが、自分と太一の間にもう一人侍がいて、この侍もまた、太一の後を追っていることに気付いた。

――あの三人の田舎侍の仲間か？　いや、そうではない。

編笠《あみがさ》を目深《まぶか》に被った様子が何とも物々しく、初めから太一のことをつけ狙《ねら》っていたのではないかと、竜蔵には思われた。

しかし、その編笠の侍の存在が気になるあまり、竜蔵と太一の間の距離が広がった。

――しまった。

韋駄天《いだてん》の如く路地を駆け抜けた太一の姿はその隙《すき》にどこにも見えなくなった。

竜蔵は、何かの折には太一の助太刀《すけだち》をしてやるつもりであっただけに歯嚙《はが》みをしたが、前を行く、件の編笠の侍もまた、太一を見失って、無念の想《おも》いに地団駄《じだんだ》を踏んでいる。

――まあいいや、この先はこ奴の後をつけてみるか。

只者ではないと思っていた太一が案に違《たが》わぬ凄腕の持ち主で、しかもそれを怪しげな侍がつけていた。

真に穏やかではない。

太一は敵持《かたきも》ちなのか――。

何らかの理由で主家から出奔《しゅっぽん》して、その身を捜されているのであろうか――。

竜蔵の脳裏をかけ巡る好奇心は、すぐにこの編笠の侍へと向けられていたのである。

二

編笠の侍は北へと向かった。

芝口橋を渡り、京橋へ。

さらにこれを渡ると、本八丁堀の通りへ出て、亀島町の川岸通りへ……。

その突き当たりを霊岸島《れいがんじま》の方へと渡れば永代橋《えいたい》はすぐそこである。向こうには深川の地が広がっている。

――そこから本所《ほんじょ》にかけての武家屋敷ってところか。

侍を追う竜蔵は終着地をそのように見た。

さほど間隔を開けずとも、時折は物蔭《ものかげ》に姿を隠さずとも、竜蔵は容易に後をつけることができた。

侍の足取りは性急で、いかにも気が逸《はや》っているように見えた。

見失ったとはいえ、やっとのことで太一の姿を見つけたことが、余程大事であったようだ。

それ故《ゆえ》に興奮に我を忘れ、剣客風の男が後をつけていることなど、まったく意識していない様子だ。

永代橋を渡ると大川の岸辺を北へと出た。

春を迎えたとはいえ、大川から吹き来る風は冷たかったが、足早に道行く侍の後を追う竜蔵にとっては、火照《ほて》りが収まり、何ともありがたかった。

――奴はやはりたいさんをつけ狙っていたのに違《ちげ》えねえや。

竜蔵は前を行く編笠の侍の後ろ姿を見ながらあれこれ考えを巡らせた。

目的地に近づいたからか、侍の足取りは次第に殺気立ってきたように思えた。

――たいさんは追手から逃れ、とにかく目立たねえよう、笛売りに身をやつしてひっそりと暮らしていたのだ。

それが哀れな旅の親子の惨状に触れ、つい身についた武芸を披露して親子を助け、追手の一人の目に留まったのに違いない。

太一がこの編笠の侍に後をつけられていたことに気付いていたかどうかは知らぬが、

「おれがもう少し早く通りかかっていれば、たいさんの手を煩《わずら》わすことはなかった。そうすりゃあ前を行く侍だって気付かなかったかもしれねえんだ……」

竜蔵は嘆息した。

笛売りの太一が、たとえ追手から逃れる身であるとて、太一に罪咎があるものではなかろう。

それは子供相手に笛を売る時の、穏やかで優しい目差《まなざし》を見ればわかる。

何といっても、太一は我が身の危険を顧《かえり》みず、無法者の武士から旅の親子を見事に守ったではないか。

善悪を論ずるならば、太一が善で追手が悪であるに違いない。

ここは何としても、太一の身を守ってやりたい……。

竜蔵の心の内に、そんな熱い想いが沸々とこみあげてきた。

やがて、編笠の侍は大川沿いから小名木《おなぎ》川沿いへ——東へと進路をとり、横川にかかる扇橋を渡って少し行った所にある大名屋敷へとついにその姿を消した。

そこは大名屋敷といっても、農園の周囲を築地塀《ついじべい》で囲ったかのような下屋敷で、平生は国許《くにもと》から送られる物資の蔵屋敷としての機能を果す程度の使われ方しかしていないのであろう、門の潜《くぐ》り木戸が内から開かれるのもどことなくのんびりとしていた。

「さて、いずれの下屋敷か……」

竜蔵は注意深く辺《あた》りを見回すと、折しも中間《ちゅうげん》が一人、屋敷の向こうの新田の前の道を通りかかるのが見えた。

近寄ってみると顔に向う傷のあるなかなかいかつい顔をした男だ。

大名屋敷には町方役人の目は及ばない。

しかも御家の政庁が置かれているわけではない下屋敷ともなれば、人の出入りにも寛大である故に、中間部屋ではよく賭場《どば》が開かれる。

この辺りには大名諸家の下屋敷が幾つも建っているから、この中間も博奕場《ばくちば》を取り仕切るちょっとやくざな男なのであろう。竜蔵はこういう奴の扱いには慣れている。

「おう、いつぞやは世話になったな」

おもむろに伝法《でんぽう》な口調で声をかけた。

「へ、へい……」

あっけらかんと声をかけてきたいかにも腕っ節が強そうな武士の登場に、中間は会った覚えはないものの、とりあえず話を合わせて畏《かしこ》まった。

鉄火場《てっかば》を潜ってきた中間には、竜蔵の強さがその物腰で分かる。

ひょっとして以前に会っているやもしれぬ旦那を怒らしてはいけないと思ったのである。

竜蔵はそれが狙いだ。

「お前、今もここで奉公しているのかい」

と、鎌《かま》をかけつつ件の下屋敷を見ながら言った。

「旦那、違いますよ。あっしがご奉公致しておりやすのは、あすこの御屋敷でございますよ」

中間は愛想笑いを浮かべて、新田の東側の大名屋敷を指さした。

「うむ？　そうだったかい。はッ、はッ、おれはどうもこの辺りの土地が不案内でいけねえや。そうだったな。お前に世話になったのはあすこの中間部屋へ行った時だった。こっちの屋敷は確か、あれだったな……」

「福崎《ふくざき》様のお屋敷でございますよ」

「おお、そうだそうだ。うむ、福崎様の御下屋敷であったな。お前の所は、次はいつ御開帳だい」

「毎晩やっておりやすよ。またお立ち寄り下せえやし……」

「ああ、必ず行くからおれの顔を覚えておいてくんなよ」

「へい、そりゃあもう……」

中間は、片手拝みの竜蔵にすっかり心を許して、

「福崎様の御屋敷でも近頃は博奕がお栄んのようですぜ」

と言ってニヤリと笑った。

「ほう、そうなのか……」

「へい、よくはわかりやせんが、このところおっかねえお侍が出入りするようになりやしたから……」

中間は、その見慣れない侍達が博奕場の用心棒に違いないと言うのだ。

――なる程、その連中がたいさんをつけ狙う一味ってわけか。

竜蔵は心の内で推測しつつ、

「そうかい、お前ん所の商売敵《がたき》ってわけか。ふッ、ふッ、揉《も》め事が起きた時は助っ人をしてやるぜ」

と言って、中間の肩をぽんと叩いた。

「そいつは心強《づえ》えや。へ、へ、旦那、待っておりやすよ。そんなら御免下さいまし……」

中間は揉み手で畏まるとその場を立ち去った。

笑顔で見送る竜蔵の表情がたちまち険《けわ》しいものへと変じた。

「福崎……。か」

当主は福崎播磨守《はりまのかみ》――播州《ばんしゅう》で五万石を領する大名家である。

竜蔵は踵《きびす》を返すと来た道を引き返し、大川端の佐賀町の船宿で船を仕立て、芝口を目指した。

これからすぐに、芝神明の見世物小屋〝濱清《はませい》〟の主《あるじ》にして、芝界隈《かいわい》に顔を利かす香具《や》師《し》の元締・浜の清兵衛《せいべえ》に会わねばなるまい。

「そいつは旦那、御足労をおかけ致しやしたねえ。太一つぁんのことは何とはなしに気にはなっておりやしたが……」

果して浜の清兵衛は、竜蔵の話を聞くと深々と頭を下げた後、腕組みをして低く唸った。

その日も暮れた。

件の編笠の侍が福崎家下屋敷に入るのを見届けた後、芝へ戻った竜蔵は〝濱清〟に清兵衛を訪ねた。

神明辺りで商売をする露天商や行商人のことはすべて把握している清兵衛である。

笛売りの太一が、旅の親子に乱暴狼藉を働いた三人の武士を叩き伏せ、親子を逃がした後自らも姿をくらましたことは既に聞き及んでいた。

「さてどうしたものかと、思案していたところでございますよ」

旅の親子を助けに入る際、太一が境内の繁みの中に置いたままにしていた木箱を、清兵衛は預かっていた。

　木箱の中には売り物の笛が収められてある。折しも太一のことで話があると竜蔵に告げられて、清兵衛は普段から己が〝根城〟にしている芝神明参道の休み処《どころ》〝あまのや〟に竜蔵を誘い、今ここの離れで顔をつき合わせているのだ。

「たいさんのことは、おれも以前から気になっていたんだが、親方に素姓を聞くのも野暮《やぼ》だ。何も知らずにおこうかと思ったが、このようなことになると放《ほう》ってはおけぬ」

「旦那の仰《おっ》しゃる通りで。まあ、侍相手に喧嘩をしたんだ。ほとぼりを冷まそうってことなら、そうっとしておく方がよいかとも思いやしたが、旦那のお話を伺いますと、こいつは心してかからねえといけませんねえ」

　やがて、清兵衛の身内の若い衆である安《やす》が、竹中庄太夫を伴《ともな》ってやって来た。

　佐原信濃守の屋敷へ出稽古に赴いた帰りに太一の事件に遭遇して、そのまま道場に戻らぬままであった故に、心配しているかもしれぬと気遣ってのことであるが、こういう時の庄太夫の知恵はなかなか馬鹿にしたものではないのだ。

　竜蔵を慕《した》う安も、旦那のお手伝いになることはないかと、いつになく気負っているようだ。

「先生のお話を伺いますに、やはり太一殿は敵持ちで、福崎家から追手がかかっているとしか思えませぬな」

庄太夫が冷静に判断した。

どう考えてもそうとしか思えぬが、四人ともに太一の命を守ってやりたいという想いは変わらなかった。

「とにかくこれからおれが、たいさんが残していったという箱を届けてやろう。安、お前、たいさんの住まいを知っているかい」

「へい！　旦那が付き合って下さるなら、これ程心丈夫なことはねえや。親方行って参りやす……」

竜蔵に問われて、安は喜び勇んで清兵衛を見た。

「と言っても、たいさんが居るかどうかはわからぬがな」

太一が、福崎家の者が自分をつけていたことに気づいていれば、既に住まいを出ているかもしれないと竜蔵は見ていた。

「とにかく、そうしてやって下さいますかい」

清兵衛はほのぼのとした笑みをその赤ら顔に浮かべた。

——まったくおもしれえお人だなあ。

この辺りの行商人のことを案ずるのは清兵衛の仕事である。

それがこの剣客は、時折顔を合わせ会釈を交わす程度の付き合いである笛売りのために、自分にも降りかかるかもしれぬ危険をものともせず、当り前のように世話を焼こうというのである。

――こういう手間暇を剣術指南の方に注《つ》ぎ込めば、道場の繁栄は間違いないだろうに。

その想いは竜蔵の傍《かたわら》に控える庄太夫も同じらしい。

――しかし、それがこの先生の堪《たま》らぬところでござってな。

こちらは得意げな表情を浮かべている。

「さあ旦那、参りやしょう！」

清兵衛の許しを得て、安は力強く立ち上がった。

三

「ふッ……。江戸ならばかえって見つけにくいと思ったが、それは誤りであったか……」

杉山又一郎《すぎやままたいちろう》は自嘲《じちょう》の笑いをもらした。

わずかな行灯《あんどん》の灯火にぼんやりと照らされるその顔には、絶望の色が浮かんでいた。

「せっかく、良い音が出るようになってきたというのに……」

又一郎の前には、作りかけの笛がある。

手製の三尺四方の作業台の上に置かれた龍笛《りゅうてき》で、まだ籐《とう》を巻く工程が残っていた。

江戸に出て三年になる。

芝・金杉《かなすぎ》通四丁目の寿蓮寺の一隅にある古ぼけた僧坊を借り受け、太一と名乗りこへ住むようになって二年――。

子供の玩具《おもちゃ》笛を作り、これを売り歩いて方便《たつき》とし、その傍に昔から好きだった龍笛作りに精を出してきた。

我流ながら、近頃ではこちらの方を買ってくれる好事家《こうずか》も現れ、先の暮らしにかすかな希望の光が射してきたというのに……。

――やはり構うべきではなかった。

又一郎は旅の親子を酔態の武士達から助けてやったことを悔やんだ。

――おれは馬鹿だ。人を助けることのできる身分ではなかった。

わざと衆人に目立つ振舞をするなどもっての外《ほか》のことではないか。

自分は子供の気を引くだけでよかったのだ。

先程から又一郎は同じことを何度も心の内で叫んでいた。

役人が来ると煩わしいのでさっさと逃げたつもりであったが、

――おれをあの侍が追っていたような。勘違いではない。確かにおれの腕を見切っていた。

芝神明の外を出た辺りで、背後に自分を追う侍の気配を覚えた。見事に撒《ま》いたつもりであったし、この住まいに戻ってから異常はない。

――だが、おれは確かに見切られた。

今までなら、そういう疑問が少しでも脳裏をかすめれば迷うことなくその土地から離れた。

こうして己《おの》が住処《すみか》に戻ることもなく、大抵の場合はその足で姿を完全にくらましてきた。

それが今日、ここへ戻ってきたのは、間もなく出来上がるこの龍笛を置いたままであったからである。

せめて未完成の笛を懐《ふところ》に江戸を出よう――。

そう思って危険を承知で戻ってきたが、見つめるうちに身支度《みじたく》を調えるのも億劫《おっくう》になってきた。

笛売りに身をやつしていることが知れた以上、もう笛を作ることはやめた方がいいのかもしれぬ。

そんな疑問が浮かんできたのだ。

──それならおれは何のためにここへ戻ってきたのだ。

〝何のために〟

この言葉が出て来ると、人は投げやりになる。

──そもそもおれは何のために追手から逃れ生き長らえているのか。

又一郎の心の内に笛の音が聞こえてきた。

その笛の音の主《ぬし》は武家の娘である。

面長《おもなが》で抜けるように色が白く、なだらかな肩がどこか儚《はかな》げで、それが彼女の吹く笛の音にそこはかとなく哀切を添えていた。

両の目を閉じればその笛の音とともに、娘の姿形は今でもありありと又一郎の前に現れる。

「信乃《しの》……」

又一郎は娘の名を口にした。

思えば信乃の吹く笛が聞かれぬようになった時から、生きている意味とてなくなったのではなかったか……。
そんな想いに至った時――。
又一郎の心の内で奏でられていた笛の音が止《や》んだ。
何者かが、この住処めがけてやって来る気配を覚えたのだ。
この僧坊は小高い処に建っていて、小窓から外の景色が見渡せる。
芝界隈の繁華な所へは近く、それでいてひそりとした寺の裏手にある、又一郎には
お誂《あつら》え向きの隠れ家と言える。
小窓から怪しげな二人組の姿が、提灯の明かりに影法師の如く見えた。
ひたひたと迫り来る二人の物腰は只者ではない。
何年もの間、追手から逃れて生きる身には、そういう人の気配は敏感に分かる。
しかも一人は二木差――。
――あの男だ。
又一郎は、すぐにここから立ち去らなかったことを最早《もはや》悔やまなかった。
――奴は相当腕が立つようだ。
又一郎とて梶《かじ》派一刀《いっとう》流を修めた身である。
剣で後れをとるつもりはないが、一思いに斬《き》られて死ぬのも悪くない。

そんな自棄《やけ》な気持ちになっていた。

――おのれ、どこまでも血を見たいのならとことん戦ってやる。

又一郎は作りかけの龍笛から目を離すと、押入れの中から笛売りの幟《のぼり》をかける竿《さお》を取り出した。

五尺ばかりの長さだが、この中には二尺三寸余の白刃が仕込まれている。これも、未完の笛と共に持って出たかった品のひとつである。

又一郎は仕込みを手に、そっと小窓から外の様子を眺めた。夜の闇の中、追手らしき二人組は寺の裏手へと足を踏み入れた。

寺の裏手の草木は生えるにまかせてあり、雑木《ぞうき》林の如く又一郎が棲《す》む僧房に続いている。

かつてはこの僧房の外側に寺の裏塀があったようだが、今は取り払われて外の道から直《じか》に入ることができる。

一旦は廃屋《はいおく》となった僧房を新たに又一郎が借り受けたのであるが、潜むにも、逃げるにも、襲うにも都合がよい、又一郎の砦《とりで》といえる。

又一郎は行灯の明かりをさらに灯《とも》し、外からは書見でも始めたかのように見せかけて、そっと家屋の外へと出て草木にその身を紛れこませた。

同じ頃――。

峡竜蔵は安の案内で寿蓮寺の裏手へと向かっていた。

笛売りの太一が残していった箱を背中に担ぎ提灯を手にした安は、大好きな竜蔵とちょっとばかし危険な香が漂う役目を務めることに喜び勇んでいる。

「この辺りは夜になると、まったく明かりってものがありやせんから、お足下《あしもと》をお気をつけなすっておくんなせえ……。いや、旦那ほどのお人に気をつけろなんて言葉は生意気でごぜえやしたね」

「何の生意気なもんか、おれは人の殺気には鋭いが、襲ってこねえものにはまるで気付かねえ。それでよく小石に躓《つまず》くんだ。気をつけるよ」

「なる程、小石は襲ってきやせんか。こいつはいいや」

安はいつも陽気だ。親方の清兵衛の好みかもしれないが〝濱清〟に出入りしている若い衆に陰気な奴はいない。

竜蔵の父・虎蔵《とらぞう》は、

「男はどんな時でも馬鹿みたいに笑ってろ。常日頃《つね》笑っているから、怒れば相手は怖がるし、泣けばいい人に見えるのさ」

と、生前よく言っていた。

わかったような、わからぬような言葉ではあるが、どうも人というものは陽気な者には陽気な者が寄ってくる。

そして陰気な者には陰気な者が寄り集まって来るような気がする。

幸せの神がいるとしたら、これはやはり陽気な者達が集《つど》う方へ舞い降りて来るのではないか――竜蔵はそう思っている。

それ故、安と歩いていると、暗い夜道も見通しがよくなるというものだ。

「だが考えてみれば安よ、お前よくたいさんの住処を知っていたな」

浜の清兵衛の身内のことである。

芝界隈の露天商や行商人のことをすっかりと掌握《しょうあく》していたとて不思議はないが、大勢いる中の一人の住処へ何の迷いもなく歩みを進めることができるとは大したものではないか――。

「ヘッ、ヘッ、そりゃああっしだって誰の家でも知っているわけではござんせんよ」

安は照れ笑いを浮かべた。

「旦那と同じように、あっしも太一つぁんのことが前から気になっておりやしてね……」

「どんな所に住んでいるのか、確かめに来たのかい」

「へい、まあそんなところで……」

「お前もおもしれえ男だな」

「そうですかい」

「ああ、おれと同じ、お節介な野郎だ」

「旦那と同じなら、こんなに嬉しいことはございませんよ」

安はますます照れて笑ったが、すぐに何やら神妙な面持《おもも》ちとなって、

「太一つぁん……、何かから逃げて暮らしているんじゃねえか……。そんな風に、気になっておりやした」

「ほう、お前の眼力は大したもんだな」

「眼力なんて滅相《めっそう》もねえ……。あっしも同じようなことがあったんでさあ」

「同じこと？　お前も誰かから逃げて暮らしていることがあったのかい」

「へい、昔の仲間から……」

安はしんみりとして頷《うなず》いた。竜蔵が初めて目にする安の哀《かな》しい表情であった。

「あっしは、物心がついた時にはもう一人きりでございました。引き取ってやろうという親類があるでもなし、お定まりのように町の隅っこをうろうろするようになりま

してねえ」

「やっと面倒を見てくれる者が現れたと思ったら、そいつが盗《ぬす》っ人《と》だった――。そんなところかい」

「さすがは旦那だ。よくお分かりで」

「はッ、はッ、おれもぐれて盛り場、悪所に入り浸《びた》っていたことがあったから、気がつけば道を踏み外していたっていう連中を何人も見たよ」

「あっしもその口でございます。店へ入ってそっとお宝を頂く、店師《たなし》の使いっ走りをしておりやした」

「お前が悪いんじゃねえよ。このままじゃあ、盗っ人にでもならねえと生きちゃあいけねえ……。そんなお前を構ってやろうとしなかった、周りの大人が不甲斐《ふがい》ないのさ」

「旦那はそう思って下さいますかい」

「ああ、生まれた時から悪党って奴はいねえ。お前はえれえよ。大人になって分別がついて、これじゃあいけねえ。そう思って足を洗おうとしたんだろう」

「へい……」

「だが、なかなか足を洗わしてくれずに、お前は一味から逃げたんだな」

「へい……。千住《せんじゅ》から芝に流れてきて、子供相手に飴《あめ》を売りやした。子供の顔を見ていると、何やら心が和《なご》みましたが、一人になればいつ盗っ人仲間に見つかって連れ戻されるか……。落ち着かねえ毎日でございました」

「それで、盗っ人の仲間には見つかったのかい」

「お恥ずかしい話ですが、すぐに見つかっちまいました。捕まりそうになったのをあっしは逃げた……。ヘッ、ヘッ、駆け込んだ所が、見世物小屋の〝濱清〟ってわけで……」

「そうかい、そいつはよかった。清兵衛の親方が助けてくれたか……。お天道さまはお前のことを見捨てなかったんだな。うん、よかった……」

無邪気に喜ぶ竜蔵を見て、安は思わず今の幸せを思い知り、その目頭《めがしら》を熱くさせた。

「そうかい。安、お前にそんな昔があったのかい。だから笛売りのたいさんのことが、我がことのように気になっていたんだな」

お前はいい奴だと肩を叩く竜蔵の手は温かかった。

「随分と下らねえ話を長々としてしまいました。勘弁して下さいまし」

「何が下らねえものか。よくそんな話を打ち明けてくれたな。安、おれはほんに嬉しいぜ」

大きく頷く竜蔵を見て、しんみりとした安の顔にたちまちいつもの明るい表情が戻った。

「あっしは旦那が大好きなんでございますよ……」

そして再び照れ笑いを浮かべるとその場に立ち止まった。

話すうちに寿蓮寺の裏手に着いたのである。

雑木林の向こうに、古びた離れ屋である僧房が建っていて、そこからは行灯の明かりが洩《も》れている。

「あすこがたいさんの家か？」

竜蔵が尋ねた。

「へい。家の中は明かりがついておりやす。どうやら太一つぁんはどこにも逃げだしたりはしてねえようですね」

安の声が弾んだ。

「そうであってもらいてえ……」

「どういうことです？」

「中にいるのは福崎家の追手かもしれねえじゃねえか」

「まさか……」

踏みこんでみれば太一の姿はそこになく家の中を調べている――。

または、既に太一は討ちとられたか――。

「たいさんの腕を見るかぎり、そんな不覚はとるまいが、安、あれからの福崎家の動きはわからねえ。ここは危ねえから先に帰れ。箱はおれが届ける」

あらゆる場合を想定し、敵との戦いに備えるのが武人である。

こういう時、竜蔵はちょっとくだけた旦那の様子から、たちまち軍神の厳しさに変《へん》貌《ぼう》をとげる。

だが、安とて浜の清兵衛の下で、少々鉄火な用もこなす香具師の一家の若い衆である。

「旦那、憚《はばか》りながらこの〝濱清の安〟も、男伊達《だて》を売る世界で生きておりやす。旦那のお邪魔になる時は、きれいに死んで見せやしょう。どうぞこの箱はこのままあっしに持たせてやっておくんなさいまし」

こちらも只者でない鋭さを目の輝きに込めて竜蔵に応えた。

「お前を見くびっちゃあいけねえな……」

安にも譲れぬ男の意地がある。

かくなる上は地獄の一丁目に連れ立って踏み入ろうではないかと、竜蔵はしっかりと安に頷いた。

二人は寺の裏地に入った。

そこから太一が住む僧房までは百歩も進めば着くはずだ。

しかし、間に広がる雑木林がやたらと遠くに思わせる。

昼間も充分に陽《ひ》が射し込まぬ雑木林の土は、凍ったように冷たかった。

この地面を踏みしめて二十歩程歩いた時であった。

剣客・峡竜蔵の五感を激しく刺激する殺気が辺りに奔《はし》った。

「安！」

竜蔵は前を行く安の背中をどんと押すと、自らは右の足を斜めに退《ひ》いた。

この二人が俄に作った僅《わず》かな隙間を、傍から白刃を提灯の明かりに煌《きら》めかせた襲撃者が、

「うむ……！」

低く短かい唸り声と共に勢いよく通り過ぎた。

咄嗟《とっさ》に安が提灯の火を消したので、襲撃者の表情は暗闇の中わからぬが、見事に初太刀をかわした竜蔵の腕前に、動揺の色を浮かべていることは確かだ。

かわしつつ竜蔵は、愛刀・藤原長綱《ふじわらながつな》二尺三寸五分を抜き放《はな》っている。

「えいッ！」

それでも刺客は覚悟を決めて、竜蔵に二の太刀を打ちこんできた。

袈裟《けさ》に振り下ろすその一刀は、暗がりの中、間合も確かでこの男の腕の確かさを物語っている。

「たあッ！」

だが、竜蔵の剣技《けんぎ》は相手に勝《まさ》る。難なくこれを己が刀で払うと、安を背に体勢を整えた。

「安！　ぬかるな！」

「合点承知！」

注意を払うに敵は一人のようだ。

「お前は福崎様の手の者か！」

「太一つぁんに何をしやがったんだ！」

竜蔵の問いに安が続けた。

途端、刺客に新たな動揺が浮かんだ。

そして、凄《すさ》まじい殺気がたちまち引いていくのがわかった。

「おれの命をとりにきたのではなかったのか……」

その声には聞き覚えがあった。

「太一つぁん……」

安が大きく息をついた。

「勘弁してくれよ、峡の旦那とお前さんの助っ人に来たんだよ」

刺客と思《おぼ》しき男は太一こと杉山又一郎であった。

「たいさん、肝《きも》を冷やしたぜ。危うく斬り合うところだったよ……」

太一をつけていた怪しい侍が福崎家の下屋敷へ入って行ったのを見届け、心配になってここを訪ねたのだと言うと、

「まあ、とにかく無事でよかったな、安……」

竜蔵は刀を納めた。

二人は太一が杉山又一郎という名の武士であることをまだ知らぬ。

すると又一郎は刀をその場に投げ捨てた。それは幟の竿に仕込んだ件の刀である。

「済まぬ……!」

やがて又一郎はその場に手をついて、竜蔵と安に詫びた。

「おいおい、たいさん、そこまでしなくてもいいではないか」

「そうだよ太一つぁん、お前さん、追手から逃げて暮らしていたんだろう。それでお

れと旦那を追手と間違えて……。わかっているよ。だからそんな所に手をつくのはよしておくれよ」

竜蔵も安も、この又一郎の余りにも思いつめた詫びように却《かえ》って気が塞《ふさ》ぎ、それぞれ労《いたわ》りの言葉をかけた。

「この暗がりの中だ。おれ達を敵と見紛《みまが》うのも無理はない」

「そうではないのだ……！」

又一郎は声を震わせた。

「そうではない……？」

安は提灯に再び火を入れた。

又一郎が依然、竜蔵と安に頭《こうべ》を垂れ続けている様子が明らかとなった。

「私は貴方《あなた》方二人を敵と見紛うたのではない。そうと知りつつ斬りつけたのです……」

又一郎は振り絞るように言った。

「私は、貴方達が助けようとしてくれていると思わずに、安殿が敵に通じていると疑い峡殿を敵が送り込んだ刺客と見たのです……。長年、追手から逃れて暮らすうち、私の人の心を見る日はすっかりと霞《かす》んでしまった……。真に……、真に情けない

「……」

逃亡の暮らしを送るうち、杉山又一郎は何度となく信じた人に裏切られたのであろう。

日頃から自分にやたらと親切にしてくれる香具師の若い衆。

名も無き笛売りに通りかかる度に声をかけてくる剣客風の屈強なる男。

この二人とて敵に通じておらぬとはどうして言い切れよう。疑ったとて無理はない――。

苛酷《かこく》な日々を強《し》いられ、それでもなお、疑うべきでない二人に斬りつけてしまったことを悔やみ、手をついて詫びることで人間の尊厳を守ろうとする又一郎の姿勢が、竜蔵の胸を打った。

――庄さんを連れてくればよかった。

竹中庄太夫がいれば、この理由《わけ》有りの笛売りに、心が和む言葉をかけてくれたであろうものを……。

竜蔵は、心配するなと安に目で語りつつ、ぼんやりとそんなことを考えていた。

四

半刻（約一時間）の後――。

峡竜蔵達三人の姿は、金杉橋北詰にある釣具店〝大浜《おおはま》〟の二階座敷にあった。

〝大浜〟は船着き場に三艘《そう》ばかり釣船を持っていて、漁師あがりの船頭が釣った魚を捌《さば》いて、この二階の座敷で食べさせてくれる、ちょっとした船宿の趣《おもむき》もある。

〝あまのや〟で竜蔵と安と別れた浜の清兵衛は、竹中庄太夫と共に、二人の報せをここで待っていて、首尾よく再会を果したのであった。

「まあ、一杯飲んで気を落ち着けやしょう。ここにはいつまで居たって構わねえんですからね……」

清兵衛が好々爺《こうこうや》の面相を杉山又一郎に向けた。

この〝大浜〟は清兵衛の住処である。

女房子供を持たぬ清兵衛は、この屋で店を取り仕切る若い衆と共に暮らしている。

若い衆の中には漁師だった者もいて、鯛《たい》を刺身にしたり、摘入《つみ》れにして蒸したりしたものを酒肴《しゆこう》にして調えてくれた。

料理が運ばれて来るまでの間に、笛売りの太一は、自分が実は杉山又一郎という名の者で、かつては播州で五万石を領する大名・福崎播磨守に仕えていたということを打ち明けていた。

「そんならこの先は、〝又さん〟と呼ばせて頂きやすよ」

酒が運ばれてくると、安の他は若い衆を下がらせて、清兵衛はそう言って一同に酒を勧めた。

「うむ、それがいいや。あれこれ名があるとややこしくていけねえや。又さん、まあ一杯よばれよう……」

竜蔵が賑やかに応えた。

不意打ちに斬りつけてしまった相手が、何のわだかまりもなく笑顔を向けてくれていることが、何よりも又一郎の心を和ませた。

「先程は真に失礼をしました……」

ありがたい想いが改めて竜蔵と安への詫びの言葉となって口をついた。

「いやいや、この峡竜蔵がいささか未熟であった。考えてみれば又さん程の遣い手が、後を追うおれの姿に気付かぬはずはなかったのだ。しかもおれの前には追手の侍がいた。おれを敵と疑うのは、戦う者の心得だ。それを頭に入れて会いに行くべきであった」

「しかし私は……」

「その話はいいから、こんなことになった理由を教えてはくれぬか。ここに居る皆は、又さんが人から命を狙われるような男ではないと思っている。だから本当のことを知りたいのだ。特におれは邪《よこしま》なことに剣を遣う野郎が許せねえ性質《たち》でね」

竜蔵はそう言ってにこりと笑った。

清兵衛の後に控えている安も、祈るような目を向けてきた。

「福崎家の恥辱となること故に、今までは誰にも告げずにいましたが、かくなる上はすべてをお話し致しましょう……」

又一郎は侍らしく威儀を正した。

ここに居る四人のことは何が何でも信じよう――。

又一郎は心に誓ったのである。

杉山又一郎は福崎家にあって勘定吟味役《かんじようぎんみやく》を務めていた。

病弱の父が隠居を願い出て、弱冠二十二歳で就任したのである。

剣は梶派一刀流をよく修め、温和な性格が当主、播磨守にも愛された。

弱輩者と侮《あなど》られぬよう日々の勤めにも精を出し、同じ勘定吟味役・幡治左衛門《はたじざえもん》の娘・信乃との婚約も決まった。

出仕して二年後に、又一郎の父親は息子の様子に安心したのか、風邪《かぜ》をこじらせた後、呆気《あっけ》なくこの世を去った。母親はその前年に病歿《びょうぼつ》していた。

精勤のあまり、信乃との婚儀が延び延びになっていたことを悔やんだ又一郎は、半年の後にこれをとり行うことを幡家との間で取り決めた。

そのような折――。

又一郎は職務上、見逃せない事実を知ることになる。

領内の堤《つつみ》改修普請《ぶしん》において、勘定方、作事方に不正の廉《かど》が見えたのである。

それは帳簿の有り得ぬ数の列挙を見れば一目瞭然《いちもくりょうぜん》のことであった。

だが、上役である幡治左衛門に相談すると、

「堤普請のことについては、勘定吟味役の職責ではないのだ」

重役の決裁を仰《あお》ぐだけでよいと、意味ありげに言われた。

堤の改修は四年に一度。どうやらこの折に勘定方、作事方が主導して、重役連中を巻き込み、半ば公然と不正を行ってきたようだ。

治左衛門の意味ありげな物言いは、これに目を瞑《つぶ》るのも勘定吟味役の務めだということなのか――。

そう思うと若い又一郎には釈然とせぬ想いが湧《わ》いてきた。

治左衛門は近々自分の義父となる男ではないか。

亡くなった父も、同役の部下にこのような指示を出していたのであろうか。

我々は一様に、主君・播磨守から禄《ろく》を食《は》む身である。

御家の金を横領するということは、家来達が寄り集まって己が主君を蔑《さげす》むことに等しい。

勘定吟味役として、勘定方の金銭の出納《すいとう》に目を光らせるべき我が身がこれを黙って見ているだけでいいのであろうか。

又一郎は悩んだ。

もう一度、治左衛門に相談をしたが、

「婿殿、頼む……。その話は口にせんでくれ。信乃の幸せのためにものう……」

と、哀しそうな顔を向けられると何も言えなくなる。

又一郎と信乃とは親同士が決めていた許嫁《いいなずけ》で、互いに子供の頃から慕い合い、いつか夫婦となることに疑いを抱かぬ間柄であった。

幡家を訪ねると、決って奥から信乃が吹く龍笛の音が聞こえてくる。

許嫁とはいえ、やたらと顔を合わすことなどできぬ武家の男女のことである。

信乃はいつも、笛の音でその日の気分や心情を又一郎に語りかけたのであった。

その笛の音に触れると、義父となる治左衛門の言葉をしっかりと受け止めることが、大人としての分別であり、信乃への愛情ではないかと思えてくる。

世の中はきれい事だけでは済まされぬ。

かの英才・松平定信《さだのぶ》とて老中就任後、清廉《せいれん》潔白なる治政を目指し改革を押し進めたが、却って庶民の反発を買い、引き退《さ》がるしかなかったではないか。

だからといって、みすみす不正を見逃すことが、清濁併《あわ》せ呑《の》む大人の生き方であるとは断じて思えない。

男として武士としてこの世に生を受け、蔭で主君を嘲笑《あざわら》い、僅かばかりのおこぼれに与《あずか》ることに喜びを見出《みいだ》す——そんな輩《やから》と同列に下りていってよいのであろうか。

悩みながらも、又一郎が辿《たど》りついた一事は、自分と同じ考えを持っている連中を一人でも多く集め、この不正が自然と消え失《う》せるように運動をすることであった。

同志を募《つの》ったところ、多くの賛同者を得た。

これに気をよくした又一郎は目付役を密《ひそ》かに訪ね、長年に渡って行われてきた堤普請の不正について告発をしたのであった。

目付役は、又一郎とは剣術修行において同門で、子供の頃から頼りになる兄のような存在であった。

又一郎の話にいちいち頷くと、

「某《それがし》が善処する故、もう考えずともよい」

よい折を見て、主君・播磨守の耳に入れようとまで言ってくれた。

これにすっかりと安心をして、その日の振舞酒に気分もよく、自邸へ帰る道中であった――。

覆面の武士が三人、人気《ひとけ》の無い堀端にさしかかった所で突如又一郎を襲った。

「何奴……！」

又一郎は曲り角からいきなり突きを入れてきた一人を駆け様にかわし、駆けつつ抜いた刀で体を反転させながら敵の逆胴を斬った。

日頃剣術の稽古に励んだ又一郎は、曲り角では端に寄らず、武士の嗜《たしな》みとして絶えず気を配っていたのである。

さらに、間髪《かんはつ》を容《い》れずに真っ向から斬り下げてきた首領格の一刀を受け流し、手首を返して逆に覆面ごと真っ向から斬り下げた。

「おのれ……」

斬り裂かれた覆面から現れた顔は、何と他でもない。

先程別れたばかりの目付であった。

断末魔の呻《うめ》きをあげて目付が倒れた時――。

最早、又一郎の腕に太刀打ち出来ぬと諦《あきら》めた一人が覆面を脱ぎ捨てて、

「杉山又一郎、忍傷《にんじょう》でござる！　方々、お出合い召されい！　御目付役がお討たれあそばしましたぞ！」

声の限り叫び続けた。

その侍の顔を見て、又一郎は絶望した。

侍は又一郎とは友であったはずの、小椋弥平次《おぐらやへいじ》――堤普請の不正を打ち明け、いつかこのようなことのない家政を全《まっと》うしようと誓い合った同志の一人である。

――すべては一人よがりであったのだ。

家中《かちゅう》の者達は、あれこれ騒ぎ始めた又一郎が、いくら諫《いさ》めても余計な正義を振りかざすことを止《や》めようとしないことに業《ごう》を煮やして、これを間引こうとしたのだ。

罠《わな》にはめられたことを知った又一郎は、そのまま領内から逐電《ちくでん》した――。

「それ以来、七年の間、追手を逃れての暮らしが続いているというわけです」

又一郎の話を聞いて、竜蔵はいきり立った。

「汚ねえ……。まったく汚ねえ奴らだ。だが又さん、よくぞ叩っ斬ってやった……。話を聞きながら、思わず手に汗を握ってしまったよ」

「よくわかりやした。それじゃあ人を疑いたくなるのも仕方がねえや。江戸へ来るまでの間も、追手に襲われたりしたんでしょうねえ……」

安が神妙な面持ちで言った。

又一郎は哀しそうに頷いた。

「領内を出る途中に一度、街道筋で二度……、いきなり斬りつけられた。御家からは酒に酔って口論の末目付役を斬り逐電した不届き者として私に上意討ちの命《めい》が下されたようです」

「上意討ち？」

竹中庄太夫が嘆息した。

「福崎様の御家中《ごかちゅう》にあって、誰よりも播磨守様のことを想い、不正を憎んだ杉山殿が……」

「まったくやりきれねえや……」

竜蔵が苛々《いらいら》しそうに続けた。

「おれは親の代からの浪人だ。御大名の家のことはわからねえが、又さんはその気になりゃあ、お上に訴え出ることだってできたはずだ。それをしなかったのは、御家に傷をつけることはしたくなかったからなんだろう。それをわかっていながら、未《いま》だに追手をさし向けるとは、殿様の目は節穴か……」

竜蔵は、チロリの酒を碗の蓋《ふた》に注ぎぐっと飲み干した。

「いや……」

又一郎はふっと笑った。

「私も何度か頭に来て御家のことを暴《あば》き立ててやろうかとも思いました。だがそれでは、許嫁であった信乃をさらに不幸せにすることになりかねぬ……。それ故思い止《とど》まったのです」

「そうか……。又さんには許嫁がいたんだな……。その後、信乃殿は……」

「さて、どうしていることやら……。きっと私のことを恨んでいることでしょう」

「そんなことはないはずだ。きっと、何か深い理由があったと思ってくれているに違いない」

「峡殿の慰《なぐさ》めは嬉しいが、今となっては信乃が私を恨んでいてくれた方が気が楽だ……」

「又さん……」

「家中の者が私を望まぬのなら出て行ってやるが、上意討ちにされるのは理不尽だ。せめて、逃げ通すことで、一矢報《いっし》いよう……。そう思って今日まで生き長らえてきたが、最早疲れ申した。峡殿が下屋敷に入るのを見届けたという侍は、恐らくあの日私を裏切った、小椋弥平次に違いない。三人でかかりながら目付役を死なせた上に己一人が生き残った……。その汚名を晴らすまでは、あ奴も追手の役から逃れられぬのでしょう。あの日二人を斬り、旅の途中にもまた二人を返り討ちに……。斬った相手にも身内がいて、ますます憎しみを募らせる……。最早、疲れ申した……」

「又さんは死ぬ気で、破れかぶれになって、最前おれに斬りつけてきたんだね……」

竜蔵の問いに、又一郎は苦笑して、

「何度か言葉を交わすうちに、峡殿の剣の腕が気になっていた……。貴殿なら斬り合う相手に不足はない。いや、見事に私を斬ってくれるであろうと……。はッ、はッ、とんだ御迷惑をおかけしました」

自らもまた竜蔵に倣《なら》い、チロリの酒を碗の蓋に注ぎこれをぐっと飲み干した。

そして、晴れ晴れとした表情で再び威儀を正すと、竜蔵、清兵衛、安、庄太夫、一人一人に感謝の目を向けた。

「方々《かたがた》に話を聞いて頂き、何やら胸のつかえがとれ申した。この上はもう逃げも隠れも致さずに、追手が来たりなばこれを迎え討ち、せめて武士らしく存分に働いて、見事死んで見せましょう」

力強く言い放つその口調は、すっかり武士のそれに戻っていた。

「そいつはいけませんよ……」

黙って話を聞いていた清兵衛が、ここで口を開いた。その声音《こわね》は香具師の元締らしいどすの利いたもので、又一郎を見つめる目は優しく、そして強い光を放っていた。

「お侍はすぐに死にたがるから困りもんでさあ。生憎《あいにく》この芝界隈は、浜の清兵衛の縄張りでござんす。笛売りの太一つぁんと一旦商売をした上からは、こいつはもうあっしの仲間内でございます。意地にかけても死なせるわけには参りやせん」

ぴしゃり、と言い放ったその姿は小柄な体が何倍にも大きく見えた。

「浜の清兵衛が胸を叩けば、悪いようにはしねえよ。おれも助っ人させてもらうぜ」

竜蔵がニヤリと笑った。

「いや、ちょっと待ってくれ……」

私闘に他人を巻き込むわけにはいかぬと、又一郎は清兵衛と竜蔵の申し出を断ろうとしたが、

「待つも待たねえもありゃしねえや、又さん、お前さん、今までどこへ逃げていたの

かしらねえが、おれ達に見込まれたのが運の尽きだと諦めてもらうよ」

「峡殿、貴殿の剣を醜い大名家の内輪揉めに使ってよいものではない」

「いや、これも剣の修行でござるよ」

「剣の修行？」

「いかにも……」

問い返す又一郎に、竜蔵は武士らしく居住まいを改めて己が剣の信ずるところを語った。

傍でこれを見つめる庄太夫の目は、芸術品を鑑賞するかのようにうっとりとした。

伝法な口調の中にも、剣のこととなると品格が漂う……。これぞ剣の本流を極めんと、日夜精進《しょうじん》を欠かさぬ者のみが成せる業《わざ》なのであろう。

剣を齧《かじ》った程度の自分がこの品格に触れられる栄誉を、庄太夫はわかっている。

「柳生流《やぎゅう》に〝一殺多生《いっさつたしょう》の剣〟という極意がある。この中に一人の悪を断ち、これを殺す刀は、万人を生かす剣《つるぎ》となる……。そう伝えられている」

「〝活人剣《かつにんけん》〟で、ござるな」

「左様、この峡竜蔵、剣の理屈には甚《はなは》だ疎《うと》いが、太平の世にあって、我ら剣客は人を活かす剣をこそ、命をかけて振るうものだと信じてござる。杉山又一郎を助けることは、人の正義を守ることだ。偉そうに正義が何かと言い立てるつもりはないが、卑怯《ひきょう》な奴らがのさばる世の中であっていいはずがない。我が剣の腕、役に立てて頂きたい……」

竜蔵はゆっくりと頷いた。

又一郎は何も言葉が出なかった。

温かな人の情を受けた時、どうすればよいものなのか――それすらも長い逃亡生活によって忘れてしまったようである。

だが物言わずとも、男は武士は、気持ちを表わすことができる。

大きく息を吸って、じっと四人の目を見て、やがて又一郎は深々と頭を下げた。

ここは釣具店の二階座敷――外の船着場は新堀川の川口に面している。そのすぐ向こうからは波の音が聞こえる。

――そうだ、この辺りは海に近かったのだ。

それすらも気付かなかったのかと我が身を笑う又一郎の心の内で、波音はいつしか春の調べと変わっていく。

それは信乃の吹く、笛の音であった。

五

「ああ、まったく今朝は冷えて堪らぬ……」

小椋弥平次は、霜が降りた畑を見回しながらぼやいた。

「まったくここは何じゃ。江戸にいるとも思えぬわ……」

福崎家深川下屋敷と言えば聞こえはよいが、屋敷と言うよりも、江戸在住の家士の食を賄《まかな》う菜園の管理場である。

ここに詰めている者達は、侍よりも百姓仕事に従事する奉公人が殆《ほと》んどで、狭苦しい侍長屋にいると気が塞ぎ、外へ出てみればこの寒々とした風景である。

「ふん、辰巳《たつみ》芸者というのはいったいどこにいるのだ……」

小椋の気は晴れない。

——又一郎め、奴のお蔭でこの様だ……。

小椋弥平次は納戸《なんど》役で八十石取り。さらなる栄達を望んで、杉山又一郎が周囲からの忠告に耳を貸さず密かに告発を企《たくら》んでいるという事実を城代家老《じょうだいがろう》・元池《もといけ》弥右衛門《やえもん》に密告した。

この元池城代こそが堤普請を巡る汚職の総元締であった。

しかし小椋の期待はすぐに後悔に変わった。悪事を取り仕切る者は密告を歓迎するが、密告者を優遇しない。目の前に恩賞をちらつかせ、

「それならばおぬしを見込んで頼みたいことがある」

と悪事を行わせることでがんじがらめに縛っていく。

又一郎襲撃の一人として選ばれたものの、返り討ちに合い、自分一人が生き残り恥をさらすことになった小椋は、今度は上意討ちの追手を命じられ、長年に渡り旅暮らしを強いられているのである。

立身を望み、かつて交流のあった又一郎を裏切ったことを棚に上げ、小椋は今のこの境遇はすべてが又一郎のせいであると憎悪の炎を燃やしていた。

——今度こそ息の根を止めてやる。

そうせねば二度と国表《くにおもて》に戻られぬ。元池からきつく通達を受けていた。

何でも、主君・播磨守が、上意討ちを命じたものの、杉山又一郎に非はなかったのではないか……。近頃、周囲の者にそう漏らしているというのだ。

どうも何者かが、又一郎の無実を播磨守に訴えた節《ふし》があるらしい。

元池城代はそれに焦《あせ》りを覚えているのだ。

「今さら杉山又一郎がお上に訴え出ることもあるまい。上意討ちのことは、あの小椋

そのようにほくそ笑んでいたのであるが、慌てて杉山又一郎探索を強化し始めたのだ。

元よりそういう手腕には長《た》けている。

又一郎の唯一の趣味が竹笛作りであったことを調べあげ、これに関連する者をまず江戸から当たらせた。何よりも居られては困る土地であったからだ。

人は窮すると直感が働くようだ。城代の読みは又一郎のその後の行動を見事に捉《とら》えていた。一年の探索の後、芝界隈に太一という気になる笛売りがいることを聞きつけた。

少し前から江戸へ入っていた小椋弥平次が、芝神明とその周辺に通うこと五日――ついに物売り風に身をやつした杉山又一郎の姿を確かめたのが昨日のことであった。

落ち着く先を探ろうと、後をつけようとしたものの、又一郎は乱暴を働く三人の武士をあっという間に叩き伏せた後、疾風の如く消え去った。

それでも又一郎がこの辺りで笛売りをしている太一であることは明らかとなった。

小椋は喜び勇んで、追手の基地となっている下屋敷へ戻りこれを報告したのだが、

「たわけめ、何故《なにゆえ》その場に残って探索を続けなんだ！」

いきなり追手の頭《かしら》である、高並助五郎《たかなみすけごろう》に叱責《しっせき》を受けた。

下屋敷への繋《つな》ぎなど、どのようにしてでもとれよう。もし、杉山又一郎が小椋の存在に気付いていれば、今頃はもうどこかに姿を暗ませているに違いないと言うのだ。

「いや、まったく某に気付いている様子は見受けられませなんだ。ただ、人混みに紛れ姿を見失い申したが、又一郎めは明日より先も、芝の神明辺りで笛を売り歩くはずにござりまする……」

小椋は的確な指摘を受け、しどろもどろになり、的外れな弁明をした。

「ふん……」

使えぬ奴よと、高並は小椋を鼻で笑った。

齢《よわい》は三十半ば、体のすべてが刃金《はがね》で出来ているかのような体軀《たいく》から発散される凄味は、小椋を威圧して竦《すく》ませた。

元池城代は、己が腹心にして家中随一の剣の遣い手である高並助五郎を、新たに追手の頭として送り込んだ。

小椋にとってはおもしろくなかったが、昨日の又一郎の腕を見る限り、高並の存在は頼もしかった。

高並は又一郎と同じ、梶派一刀流を修め、稽古においては又一郎に一本も取らせたことがないという。

「まあよい。おぬしの言うことが当たっているなら、杉山はまた神明に現れよう。今となってはそれにかけるしかあるまい」

下手に住処などを聞き込めば、却って杉山又一郎の耳に入るというもの。

数を増やし、遠巻に又一郎を見張り、機会を逃さずこれを討つ――。

その戦いが今日から始まるのだ。

「早く済ませてさっさと国表に帰りたいものだ……」

小椋と同じ想いの連中が次々に侍長屋から出て来て、白い溜息を吐《つ》いた。

その数は小椋の他に五名。組頭の高並を入れて総勢七名の刺客となる。

大身《たいしん》の侍とその若党、浪人風が二人、托鉢《たくはつ》の僧が一人、大名家の侍風が二人――それぞれ衣服を改めて距離をとって狙いを定めるのだ。

やがて早朝の寒風が吹きすさぶ深川の荒野を抜け、刺客達は放たれた猟犬の如く芝へと向かった。

そして、刺客達はそれから一刻（約二時間）後、芝神明の境内において日当ての獲物を見つけることになる。

杉山又一郎は果して、笛売りの太一と身を変えて、子供相手に笛を売っていた。

「小椋、気付かれておらなんだとはついていたな。これでお前の首もつながったというものだ……」

大名家の侍風体《ふうてい》ではなく、托鉢僧の姿にさせられた小椋に、すれ違い様高並助五郎が囁いた。

こちらは深編笠《ふかあみがさ》を被った浪人風体である。

追手七人の内、杉山又一郎の顔を知るのは高並と小椋のみ。

二人だけで充分である。又一郎に追跡を気取《けど》られる危険もまた、少なくなるというものだ。

「その姿、よう似合《にお》うておる……」

高並はニヤリと笑って通り過ぎて行った。

小椋は恥辱に身を震わせた。

托鉢僧の姿をさせられたからではない。

いざという折、どうせ刀を抜いたとて役には立たぬ故、いっそ長物《ちようぶつ》の錫杖《しやくじよう》をもってひたすらに又一郎に突きかかればよいと指示されていたからである。

さすがに小椋弥平次も武士の端くれ、今まで追手の任を托されていたのは、ただ上意討ちの体裁を繕《つくろ》う為のものであったと気付かされたことが情けなかったのである。

——あの時、又一郎のことをわざわざ密告せねばよかった。

出世を望み浮かれた我が身を悔やんでも後の祭りであった。

組織の中では小椋などいつでも取り替えのきく歯車のひとつでしかない。

正義を信じて行動したがために命を狙われ、逃亡を余儀なくされた杉山又一郎——。

それ以上に小椋は哀れなのかもしれなかった。

托鉢を続けて二刻余りが過ぎた。

この間、又一郎は笛売りの場を変えない。

時分になると境内の隅で握り飯を頰張《ほおば》り、他の行商人と一言二言言葉を交わし、また子供相手に笛を売る。

鶯や雀の鳴き声を竹笛で真似る様子は何とも穏やかで、禄に恵まれている自分の方がまるで充《み》たされておらぬように思えて来て腹だたしかった。

八ツ刻《どき》（午後二時頃）を回った頃——。

客足も遠のき、ついに又一郎は動き出した。

小椋の視界の向こうで、高並の深編笠が大きく揺れた。

七人の刺客は注意深くそっとこれを追いかけた。

果して又一郎はどこへ行くのであろうか。

神明宮の鳥居を抜けると町家の通りを南へ、将監橋《しょうげん》を渡った後、又一郎は新堀川沿いに西へと進んだ。

高並は深編笠の中で顔を綻《ほころ》ばせた。

その辺りは明き地が続いていて、昼なお薄暗く人気がなかった。

木立の向こうに竹藪《たけやぶ》があり、どうやら又一郎はここの竹を切り、笛の材にするようだ。

刺客達は小躍りをして、慎重に竹藪の周囲に巧みに散らばり、木立に身を隠しつつじりじりとその間《ま》を詰めた。

高並の予想通り、又一郎は木箱から鉈《なた》を取り出し竹を切り始めた。

高並は尚も辺りに気を配った。

あまりにもお誂え向きの展開に、後詰《ごづ》めの敵を警戒したのだ。

木立の周囲には自分達の他にまるで気配がない。

――あ奴に味方など居るものか。

高並は慎重になり過ぎた自分を笑った。この機を逃すわけにはいかない。どうせかかるなら少々の犠牲も止むを得まい。

確かに木立の周囲に敵はいなかった。

しかし、竹藪の向こうに生い茂る草木のさらに向こうは新堀川の水辺で、ここに一艘の小船が着けられていることに高並は気付かずにいた。

小船は又一郎が弾正橋《だんじょう》を渡り、川沿いの明き地に向かうと同時に、橋の袂《たもと》から又一郎の後を追うように水上を進んでいた。

小船には船頭の他に若侍を一人従えた屈強の武士の姿があった。

そして、今黙念と竹を切っている又一郎は、追手に見つけられ、それに気付かずに不意打ちを喰らう運命を待つ哀れな男ではない。

七人の刺客が迫っていることを知りながら、この竹藪に来たのだ。

人知れずここで決着をつけるために――。

高並達一党は、深川の下屋敷を出た時から、浜の清兵衛の手の者に見張られていた。

清兵衛は深川一帯を取り仕切る香具師の元締・うしおの吉兵衛《きちべえ》に昨夜のうちから話をつけ、自分の息のかかった行商人や大道芸人を動員して、福崎家下屋敷から出て来る怪しげな者達をそっとつけさせた。

行商人、露天商、大道芸人――義理人情に厚いこの連中は、仲間である笛売りの太一の危急を知るや清兵衛の許《もと》に集結したのである。

杉山又一郎を見張り、まんまと急襲する絶好の機を得たはずの七人は、芝神明に行き交う者達全員から見つめられていたようなものだ。

「おう、太一つぁん、売れてるかい」

「今日はまた寒いねえ」

などとすれ違い様に言葉を交わしていた商売仲間達は、さりげなく又一郎に追手の様子を伝えていた。

この俠気ある連中は、尾行や見張りに慣れているわけではない。

だがそれだけに妙な変装をすることもなく、普段の姿のまま行動することで、却って怪しまれることもない。

ましてや、これだけ大勢の者達が見張っているとは、さすがの高並助五郎も気付かなかったのだ。

とはいえ、いくら俠気ある連中とて、高並以下剣技に優れた追手の武士達と斬り合うことまではできない。

となると、ここからが小船の武士の出番である。

屈強なる武士は無論、峡竜蔵。その端に控えし若侍は、竜蔵の若き門人神森新吾。

船頭として棹《さお》を操る安とともに、時が来るのを待ち受けていた。

「申し……、申しそこな人……」

托鉢僧が木立の中からふらふらと現れて、竹を切る又一郎の前に屈みこんだ。

俄の発熱に倒れたと見せかけ、又一郎の注意を引き、そこに斬り込むという高並の計略である。

そんなことは既にお見通しの又一郎はまったく動ぜず、

「どうなされた、小椋弥平次殿……」

と乾いた声を放ち嘲笑《ちょうしょう》を浴びせた。

「その格好……。似合《にお》うておるぞ……」

「おのれ……」

小椋は己が素姓を知られていた驚きより嘲笑われた屈辱がこみ上げ、遂《つい》に逆上した。

「おれを蔑むか！」

高並の合図を待たず、遮二無二《しゃにむに》錫杖を手に又一郎に突きかかった。

——あのたわけが！

高並は小椋の短慮に怒り、又一郎が見破ったことに驚いた。

だが矢は放たれたのだ。

木立に潜む高並は仕方なく抜刀すると、竹藪に殺到した。他の五人もこれを合図に斬り込んだ。

「ぎゃァッ！」

小椋が悲鳴をあげ、足を押さえて倒れこんだ。

又一郎が投げた鉈が膝頭《ひざがしら》を砕いたのだ。

又一郎はのたうつ小椋の前に立ち、右から来る浪人風に、件の仕込みで抜き打ちを見舞った。

仕込みの初太刀は意外な所から白刃がとび出す故に効果がある。ましてや又一郎は梶派一刀流を修め、何度も命のやり取りにその身を置いた度胸がある。

幟の竿から俄に姿を現した白刃は、その浪人風の刺客の高股《たかもも》を斬り裂いた。

「おのれ、小癪《こしやく》な……」

右手の一人を倒した又一郎に向かって殺到した高並であったが、割られた膝を抱えて右に左にのたうつ小椋が邪魔で一歩を踏み出せない。

「のけ！」

高並が小椋を跳び越えた時――。

向こうの繁みから猛烈な勢いで、峡竜蔵が斬り込んで来た。

「何奴！」

高並は又一郎にさえ一本を許したことのない剣の遣い手――馬廻《うままわり》組の組頭を務める剛の者。

俄に現れたこの剣客の〝気〟は本物と見た。

「おうッ！」

竜蔵は姿を現すや、挨拶代りに又一郎を左から攻めんとする若党風の足をすくい斬りにして、

「直心影流・峡竜蔵！　太一殿に助太刀致す！」

と、渾身《こんしん》の力をその一刀にのせて高並に突き入れた。太一殿と叫んだのはただ襲われた笛売りの助けに入ったという心の証《あかし》――。

「うむッ！」

小椋を跳び越えたことで、体の落ち着く地点が定まってしまった高並は、これをしっかりと受け止められず、やっとのことで体を捻《ひね》り刃から逃れた。

それでも竜蔵の突きを咄嗟にかわしたのは、高並の剣伎が並々でないことを物語っている。

しかし実戦は型のようには進まない。

竜蔵と高並が、互いに二の太刀を警戒して、さっと間合を切ったところへ、この間

にさらに一人の右小手《こて》を斬った又一郎が、仕込みの竿の柄を横に回転させて高並めがけて投げつけた。

高並、これはよけきれない——刀をかざすも竿の回転は刀を巻き込むようにして高並の右耳の後を痛打した。

「うッ……！」

激痛は脳天を奔り、一瞬、高並に立ち暗みを強いた。

鮮やかな竜蔵と又一郎の連係である。物語《かた》らずとも、剣の手を合わさずとも、互いにその腕を認め合い、心の奥底で惹《ひ》かれ合った、武士同士、男同士ならではの友情が成せる業であった。

高並一党にはその心の繋がりが希薄である。

追手随一の遣い手・高並助五郎の危急を救うことこそ、己が活路を見出すことを忘れたか、残る二人はそれぞれ剣に勝る峡竜蔵と杉山又一郎にかかる愚をおかしたのだ。

「えいッ！」

前へ前へと出る竜蔵は、その気迫に後退《あとずさ》りする一人の手許が浮いたところを小手に斬り、刀を取り落した相手の眉間《みけん》を柄頭《つかがしら》で打った。

「こ奴はおれが引き受けた。太一殿！」

「忝《かたじ》けない！」

立ち直った高並に対する竜蔵に、又一郎はしっかりと頷いて、自らも残る一人、大身の侍風に対峙《たいじ》した。どこまでも太一と呼びかけ、上意討ちのことは与り知らぬという姿勢を見せる竜蔵がありがたかった。

――ふッ、こんな強《つえ》え笛売りがいるもんか。

これを繁みの蔭から見ている安は、傍の神森新吾と笑い合った。

すぐにでもとび出して加勢したい新吾であったが、師の竜蔵からはくれぐれも、又一郎が危急に陥らぬ限りは出しゃばるなと言われているのである。

――いささか残念だが、出て行くこともあるまい。

又一郎が対峙する相手は、最早戦う気力が失せているかのように見える。

――先生の相手は手強《てごわ》い。

竜蔵と高並は対峙したまま動かない。

しかし竜蔵の口許からは笑みがこぼれている。

――うむ、こ奴はできる。

強い者と対峙した時に自ずと湧き出る笑みなのである。

――だがこ奴だけは斬らねばなるまい。

横手で又一郎が今しも対する一人を峰打ちに倒した。同じ家中の追手を殺すには忍びなかったのだ。

高並の他は、足を斬り、小手を斬り、生かしたままで戦意を喪失させた。

それは技量の差があればこそ。

高並は違う——斬らねば斬られるという凄味がある。

「やあ！」

配下六人が斬られても、尚、高並は己が勝利を信じている。裂帛《れっぱく》の気合と共に斜めに一刀を疾《はし》らせた。

「とうッ！」

竜蔵は後手には回らない。自らも怯《ひる》むことなく斜めに打ち込み高並の懐に入ると、刀の根本でしかとその一刀を受け止め、腰を落として鍔《つば》競り合いに下から突き上げた。

あまりの竜蔵の攻めの苛烈さに、高並の上体は思わず浮き上がった。

「えいッ、やあッ！」

間髪を容れずに竜蔵は左右に面を打ち、受け身になった高並の上方に移った構えの隙をついて素早く胴に三の太刀を斬り下ろした。

「うッ……！」

胴を割られて、高並はその場に倒れ伏した。

倒れつつ尚、刀を持ち直す高並に、

「動くな。まだ手当て次第で死なずに済む」

太い息をつきつつ、竜蔵は声をかけた。

「笑止な……。討ち損じたおれが、何の命を惜しむものか……」

高並は再び立ち上がろうとしたが、すぐにばったりと倒れた。

いつしか浜の清兵衛が、竹中庄太夫と共に、香具師の衆を引き連れやって来て、安、新吾と合流し、この決闘を見ていた。

「峡の旦那が負けることはねえだろうが、もしものことがある時は、この清兵衛も生きちゃあおりやせん……」

その心意気に従う乾分《こぶん》達も清兵衛について、新堀川の対岸から船に乗って次々に向こうの岸に着いたのであるが、この壮絶な戦いにそれぞれ息を呑んだ。

「終わったよ……。さて、これからがまた大変だな……」

一同を見て頬笑む竜蔵に、又一郎は感涙《かんるい》を禁じえなかった。

「てえことで親分、あっしの仲間内の太一つぁんがこの連中にいきなり襲われたってわけで」

清兵衛は傍にいる四十絡みの苦味走った男に空惚《そらとぼ》けて言った。

「それをこの旦那が一人で斬り伏せなすったってわけですかい。大したもんだ」

ニヤリと笑ったこの男は目明《めあ》かしである。

「大変な目に遭いなすったねえ。まあ、どうせろくでもねえ奴らがお前さんを試し切りにでもしようとしたんだろう。お町に申し上げて何とかしてもらおう」

目明かしの親分は又一郎にそう言うと、竜蔵に腰を屈めて、

「清兵衛の親方からいつもお噂《うわさ》を伺っておりやした。いやあ、旦那みてえな強《つえ》えお人を見たのは初めてだ。あっしは〝網結《あみすき》の半次《はんじ》〟と申しまして、畏《おそ》れながらお上の御用を勤めさせて頂いておりやす。以後、どうかお見知りおきのほどを……」

と、尊敬と親しみの目を向けてきた。

――網結の半次、
竜蔵もまたその名は清兵衛から聞いていた。ぐれて町場で暴れていた網結の倅《せがれ》が、浜の清兵衛に意見をされて立ち直り、名うての目明かしになった――。

この男に任せておけば万事ことはうまく運ぶであろう。

竜蔵はにこりと頬笑みを返し、片手で拝んだ。

六

高並助五郎はやがて息を引き取った。

残る六人の追手は重傷を負ったものの命はとりとめた。

しかし、北町奉行所が六人の言を本に福崎家に問い合わせたところ、福崎家江戸家老は、

「いずれも当家の者ではござらぬ」

と、言下に答えた。

城代家老・元池弥右衛門の力は江戸屋敷にまで及んでいた。追手が討伐に失敗をした時はすべて知らぬ存ぜずを通すようにと予《あらかじ》め指示がなされていたのである。

追手七人は見事に使い捨てにされた。

ただ、襲われた太一なる笛売りは、斬りかかってきたのは斬り死にした侍で、他の者達は、助けてくれた峡竜蔵と死んだ侍が斬り合いになったので助勢しようとして手傷を負ったのだと証言した。

目明かし網結の半次は、大勢の行商人達が見ていたことに相違ないと、これを報告した。

それによって、奉行所は六人を江戸、五畿内《きない》、東海道筋など〝御構場所《おかまいばしょ》〟での居住を禁ずる重追放《じゅうついほう》に処した。

小椋弥平次は托鉢僧の出立《いでた》ちであっただけに、不良浪人と関わるいかさま坊主として扱われ、足を引きずり当て所《ど》なく江戸を去るその姿は、自分が蒔《ま》いた種とはいえ滑稽《こっけい》にして哀れであった。

それでも、非情なる宮仕えに戻ることを思えば命があるだけよかったと、小椋はむしろ喜んだであろうか。

事件は大事にはならず、福崎家も安泰《あんたい》であったが、福崎家に七名について問い合わせがあり、それが江戸家老によって当主・播磨守の耳に入らぬまま処理された翌日――。

播磨守に、大目付・佐原信濃守からの文《ふみ》が届いた。

その文には当家剣術指南役・峡竜蔵が福崎家中を名乗る者共を斬り捨てたが、これが騙《かた》り者であり祝着《しゅうちゃく》であったとの報告に加え、襲われた太一という笛売りがなかなか見事なる龍笛を作るとのことで、是非この者を召し、笛を買い求められるべきであると認《したた》められてあった。

これはもちろん、峡竜蔵が大名監察の役目にある信濃守に杉山又一郎の告白を報せたことによる。

播磨守はこの文を一読するや、福崎家に波風を立てず自浄を促す意を込めた、信濃守の心尽くしと捉えた。

そして播磨守は笛売り太一を御前に召した。

最早どこへも逃げずに、追手が来るなら討たれてもよいと心を決めた杉山又一郎であったが、大目付・佐原信濃守の助力を得てくれた竜蔵に感謝しつつ、福崎家上屋敷へと出て、久方振りの播磨守との再会を果したのである。

竜蔵が助太刀をしたあの寒風が吹き荒れた日から一ト月《ひ》後のことであった。

その日。対面を終えた又一郎を、峡竜蔵は門人・竹中庄太夫、神森新吾を伴い、浜の清兵衛の住処である〝大浜〟の二階座敷で迎えた。もちろん清兵衛、安もこの座敷にいる。

上屋敷から戻って来た又一郎は実に晴れやかな表情で、対面の様子を語ったものだ。

「そうか……、播磨守様は上意討ちをお命じになったものの、事の真相を疑い始めておられたのだな」

竜蔵は逸る心を抑えて、又一郎の話すひとつひとつに嬉しそうに相槌《あいづち》を打った。

「はい、私を疑わず信じていてくれた人がいて、殿に無実を訴えてくれたのです」

「そいつはよかった」

「殿はそれから御城代に気取られぬよう、堤普請の不正をお調べになられ、元池弥右衛門の罪状を朧《おぼろ》げながらお摑《つか》みになられた折に、こ度の事となったそうで」

「それで帳簿の件を洗い浚《ざら》いぶちまけたんだね」

「はい。あくまでも私の推測として」

「推測？」

これには竜蔵以下一様に首を傾《かし》げた。

「笛売りの私がそのようなことを知っているはずがありませんから」

「何だいそれは……。お殿様はお前さんが杉山又一郎だとわかっておいでなのだろう」

「わかっておいででした。しかし私は最後まで笛売りの太一のままでお目にかかりました」

「どうしてなんです。晴れて御帰参が叶《かな》ったんじゃあねえんですかい」

清兵衛も思わず声をあげた。

「殿もそれをお望みになったが、私はこのまま笛売りの太一……、いや、笛作りの太一として生きていくつもりなのでね」

「おいおい又さん、侍に戻っても笛は作れるぜ。庄さん、何とか言ってくれよ……」

竜蔵は苛々として言った。今さら笛売りの太一を押し通す必要もないではないか。

しかし、庄太夫は目に感動を浮かべて、

「杉山又一郎に戻れば、お殿様の誤ちを世間にさらすこととなるからですね」

と、又一郎に頷いた。

又一郎は頷き返すかわりに頬笑んだ。

「杉山又一郎は酒に酔って口論の末、目付役を斬り逐電した……。殿御自《おんみずか》ら不正を糺《ただ》される上からは、もうそれでよいのです。それに私はこ度のことでつくづくと宮仕えというものが嫌になりました。どうか笛作り太一の新たな首途《かどで》を祝ってやって下さい」

播磨守は何度も翻意《ほんい》を促したが、又一郎は最後まで笛売りの太一であり続けた。そのことに何の悔いもなかった。

「それに、殿から実にありがたい褒美を頂戴することになりまして……」

播磨守は太一が仕上げて持参した龍笛の出来の素晴らしさに感じ入り、それもよかろうと、又一郎の帰参を遂には諦めて、

「ならば褒美を遣わす故、しかと受けとってくれ。笛作り太一、我が家中に信乃とい

う娘がいる。どういう理由か未だに独り身で、笛ばかりを吹いておる。だが、その腕前は大したもので、時に余は信乃を召し、笛を所望致すのじゃ。そなたには似合の娘故、どうか嫁にしてやってくれ……」

そう申し渡したという。

「では、又さんを疑わずにいてくれて、無実を訴えてくれたのは……」

「はい、信乃であったのです……」

晴れやかな又一郎の目に、この時ばかりは涙が浮かんだ。

信乃は俄に出奔した又一郎を信じて、何《いず》れへも嫁《か》さずにただ笛の修練に明け暮れた。

笛を吹いている時——又一郎に会えた。

勘定吟味役であった父・幡治左衛門は一年前に病歿した。それに際し、信乃は帳簿の不正を探り出し、播磨守の御前で笛を吹ける日を待ったのである。

「そいつはよかった！　そうだな。うん……、そういう生き方もいいなあ。又さん……。いや、たいさんの女房になる人に早く会ってみてえや」

人の一生は長い旅のようなものだ、廻《まわ》り道をしたことで、自分が本当に行きたかった終着地が見つかることとてあろう。最愛の伴侶《はんりょ》を得たのだ。新たな人生への旅発《たびだ》ちに何の不足があるものか——。

「峡の旦那、この界隈にまた、いいお仲間ができやしたね」

清兵衛の赤ら顔はますます上気していた。

「せっかく又さんと呼んでもらったが、今からまた太一として、どうかひとつお仲間に入れてやっておくんなさいまし……」

すっかり町の者の口調で太一は頭を下げた。

よかったよかったと大喜びする安は、ふっと思い出して、

「そういやぁ、峡の旦那、網結の親分が道場のお仲間に入れてもらえねえかと言っていなさいやしたよ」

「道場のお仲間ってことがあるかよ」

「つまり私の弟子《でし》になりたいと……」

新吾が横から生意気な口を利いた。

「へい、まあ、そういうこって……。旦那、教えてあげて下さいまし。あっしが昔の悪い仲間に連れ戻されそうになって、親方の許へ駆け込んだ時、うめえこと立ち廻ってくれたのがあの親分でしてね……」

安が竜蔵に頼み込むのを聞いて、

「安さんもあの親分の世話になったのか。今度のことでは私も随分と世話になった。

峡先生、私からもお願いします……」

太一はもうすっかりと町の衆になっている。

清兵衛はそれを見て満足そうに笑っている。

「まあ、目明かしとなれば先生、勤め柄《がら》武芸を習いたくもなりましょう。ここはひとつ門人の列に加えてあげればいかがと……」

庄太夫がしかつめらしく畏まった。

――何が門人の列だ。どこに列がある。

竜蔵はふっと笑いながら窓の外に目をやった。

暮れ行く江戸の町の方々《ほうぼう》で、桜の花が咲き始めていた。

仲間が仲間を呼ぶ春――。

竜蔵は何とも幸せな心地となってきた。

第二話　いもうと

一

このところの風雨で、桜との別れが近づいてきた。

柳は風に親しむが、どうも桜はか弱いものだ。

今年も花見の宴《うたげ》を開かぬままに終りそうな峡竜蔵であった。

ちょっと足を延ばせば、御殿山に桜の名所があるものの、いざ行くとなると、忙しさも手伝って億劫《おっくう》となる。

人出の多い所への遊山《ゆさん》は年々避けるようになっていた。

そういう所には必ず、羽目を外すことこの上ない奴がいて、酒に酔い、耳に痛い怒鳴り声をあげ、何度聞いても下らぬ酒落《しゃれ》を繰り返す——。

初めのうちは笑ってもやるが、こっちも酒が入るとそういう奴を殴りたくなってくる。

それで遂《つい》に大暴れをして、何度宴の途中で帰ったことやしれぬ。

そういうわけで、今は〝先生〟と呼ばれる身である。

「君子は危うきに近寄らず」

どちらが危ういか知れたものではないが、花見の宴を控えるのも竜蔵なりに分別ができてきた証《あかし》とも言える。

それでも〝花は桜木〟である。

一年の間の僅《わず》かな時期に咲くこの花をゆったりと愛《め》でる一時もまた、人間に奥行きを与えるものではないか……。

もちろん、こういうことを言うのは例の如《ごと》く竹中庄太夫であるが、風流を愛することの一番弟子はある日稽古《けいこ》終わりの道場で、

「何も千本桜を眺めるばかりが花見でもございりますまい。ただ一本、枝ぶりの好《よ》い桜を愛で、ゆったりと酒を楽しむのもまた何よりの花見というもの……」

などと、竜蔵にとって実に心地のよいことを、言ってくれた。

「うむ、庄さん、そいつは乙《おつ》だな。何かいいやりようがあるかい？」

たちまち竜蔵がこれにのって話はまとまり、その日二人は、芝田町《たまち》二丁目にある行きつけの居酒屋〝ごんた〟で夕餉《ゆうげ》をとることになった。

〝ごんた〟の奥の小部屋は庭へと続いていて、ここに一本枝ぶりのいい桜がある。庭に篝火《かがりび》をしつらえ夜桜見物を洒落こもうというのだ。

〝年寄りを労《いたわ》るつもりの稽古〟

を日々つけてもらっている庄太夫は、日が暮れて後も余力がある。

細々《こまごま》と立ち働き、この居酒屋の主人である権太《ごんた》をも、

「これを売りにすりゃあよかったよ……」

と、唸《うな》らせる何とも風雅な世界を作りあげたのである。

独り者で日々の夕餉をどうするか頭を悩ませているのは竜蔵の昔馴染《なじみ》の常磐津《ときわず》の師匠、お才《さい》も同じである。

せっかくの夜桜見物であるから、竜蔵はお才にも声をかけてやった。

〝ごんた〟ではもう常連であるお才であったが、庄太夫の趣向を聞くや、それはおもしろそうだと三味線《しゃみせん》持参でついてきた。

日が暮れると篝に火が灯《とも》された。

盆の送り火用に店の表に出す、権太自慢の篝であったが、

「竹中の旦那は、おれん家《ち》に何があるかよく覚えていなさる……」

と感心しつつ、篝火の明かりにゆらゆらと照らし出される名残の花の美しさに目を

丸くした。ついには、今日はもう店を閉めると暖簾《のれん》を下ろし、竜蔵達に料理を運ぶと、女房のお仙《せん》と二人庭へ出て篝の火を足しながら飽くことなく夜桜を眺めた。

それでも、竜蔵の好物のだし汁に醤油《しょうゆ》を少しばかり落として味付けをした、はまぐりと豆腐の小鍋立てや、ちぎりこんにゃくを甘辛く煮て七味唐辛子をふりかけたものなど、得意の料理に手抜きはない。

酒にほんのりと頰《ほお》を朱に染めたお才は、三味線を弾きながら、

「お名残おしや、桜にはまぐり……」

などと思いつくままに語り、夜桜見物を盛りあげた。

「こんなことならもっと人を呼べばよかったな……」

大満足の竜蔵は、これで今年は花見もできたと庄太夫の肩を嬉《うれ》しそうに叩《たた》いて、面目躍如たる庄太夫は、

「道場の庭に桜を植えてはいかがかと……」

新たな構想を語り始めた。

いつもの夕餉もひと工夫を加えればたちまちこれが行楽となる。

日々の暮らしの中には、思わぬ輝きや味わいが潜んでいる。

――我が剣も同じだ。潜んでいる力をいかに引き出すかに尽きる。

春の宵に浮かれながらも、近頃はこんなことに思いを馳《は》せるようになった竜蔵である。

少しは〝人間に奥行きができた〟と言うべきか――。

「お才、楽しかったな……」

やがて篝火も尽きて店を出た竜蔵は、ここから家がすぐ近くである庄太夫と別れ、お才と二人の帰り道、何度もこの言葉を口にした。

「あたしと居りゃあ、いつだって楽しいだろ」

お才も女である。

しっかり者の常磐津の師匠とて、幻想的な夜桜にうっとりとしたほろ酔い機嫌の春の宵――となれば気の利いた言葉のひとつも言いたくなる。

気が置けない竜蔵が相手なら尚更《なおさら》だ。

「ああ、お前が居りゃあ、尚楽しいぜ……」

竜蔵は子供をあやすように応《こた》えてやる。

常《つね》日頃は、三つ歳下のお才の方が、浮世離れした竜蔵よりもはるかに大人であるが、こんな時はおっとりとして、ちょっと甘えた口を利いてくる。

女一人で気を張って暮らしていると、こういう力を抜ける一時が心地よくて堪《たま》らないのだ。

「これはご両人……。妬《や》けますねえ……」

三田同朋《どうぼう》町にさしかかった所で、そんな竜蔵とお才に若い女が声をかけてきた。

「何だお前か……」

竜蔵は女を見知っていた。

女はお辰《たつ》という八卦見《はっけみ》で、頭には編笠《あみがさ》を被《かぶ》り、小風呂敷を背中に担ぎ、筮竹《ぜいちく》を手にこの辺りを流している。

歳は二十歳になるやならず、編笠の下から覗《のぞ》く顔は、少しばかり受け口なところが何とも愛敬《あいきょう》があり、鼻筋は通っていて、どこか男好きがする。

八卦見の腕は怪しいものだが、話す口調があけすけで飾りが無い。女易者《えきしゃ》というのも珍しく、酔客や色里の女達相手になかなか景気はいいようだ。

「妬けますねえ……? ふッ、馬鹿を言うな。そんなんじゃねえや。この師匠はおれの妹みてえなもんだよ。常磐津の弟子が聞いたら気を悪くするぜ。はッ、はッ、お前の八卦も当らねえな」

「おかしいねえ。兄貴分と妹分には見えなかったけどね。そんならお師匠さん、御免くださいまし」

ふっと頬笑《ほほえ》んで立ち去る仕草や風情は、少しばかり小憎らしいが、なかなかに玄人《くろうと》らしく〝水〟に洗われている。

「ふッ……。おかしな子だねえ……」

竜蔵に慣れた口を利く若い女を、お才は大人の余裕で見送ったが、こんな夜は少し張り合う気持ちも芽生えてくる。

「竜さんが占い好きだとは知らなかったよ」

冷やかし半分に詰《なし》るような目を向けてみる。

「おれは占いなんて大嫌《きれ》えだよ……」

一《ひ》ト月程前に、赤羽根で酔客に絡まれているところを助けてやって以来、町で出合うと親し気に声をかけてくるようになったのだと竜蔵は言った。

「へえ……、そうなのかい。あちらでもこちらでも、人助けに忙しいことだねえ。竜さん、楽しかったよ……」

理由《わけ》を聞くと、お才はどこか突き放すような物言いで、さっさと立ち去った。お才の家はもう、すぐそこであった。

「お才の奴、女の八卦見に何か恨みでもあるのかねえ……」

竜蔵は俄《にわ》かなお才の不機嫌を、そんな風に受け止めた。

剣術しか知らぬ野暮な男でもあるまいに、妹分のお才の心の機微は、まるで理解ができぬ竜蔵であった。

「妬けますねえ……」

と若い女に言われて、即座に、馬鹿を言うな。そんなんじゃねえや。妹みてえなもんだと一笑に付されるのも、お才にとっては気分のよいものでない。

「あの女易者は、ちょいと厄介そうだよ……」

お才の目に、お辰は竜蔵に特別な想《おも》いを寄せているように映った。

それにすらまるで気付いていない様子の竜蔵が、お才には愛《いと》おしくもあるが、今は腹立しさが先に立つ。

家の戸を開け振り向くと、相変わらず辻《つじ》に立って小首を傾《かし》げる竜蔵の姿があった。

「ちょっとはあの八卦見に追い回されて、大変な想いをすりゃあいいよ……」

お才は小さく笑って戸を閉めた。

「何だ、笑ってやがるよ……」

竜蔵は、嬉しいことがあった時の、いつものお才の強がりだと、勝手に思い込んで歩き出した。

「夜桜に浮かれて、三味線片手におかしな節を語ったのが照れくさかったんだろうよ……」

こんな調子であるから、お辰という女易者のこともまるで気になどしなかったが、お才が見た通り、お辰はちょっとばかり、いや、随分と厄介な女であることを、この時の竜蔵は思いもよらぬ。

ただ春の宵に浮かれる竜蔵に、何処《どこ》からともなく名残の散り花がはらはらと舞い降りるばかりであった。

二

それから数日が経《た》った。

路面を彩る桜の花片《はなびら》もいよいよ少なくなってきた。

世間では行く春に感傷を覚えていたが、三田二丁目の峡道場の稽古はいつも変わらぬ熱気に溢《あふ》れていた。

何と言っても、若き門人・神森新吾の上達が著しい。

剣術の稽古には〝見取り稽古〟というものがある。

読んで字の如く、他者の稽古や仕合《しあい》を見て、自分に無いものを悟り、頭の中で己が剣に置き換え、真似《まね》てみたりしながら学びとる稽古法である。

入門してから一年足らずの新吾であるが、師・峡竜蔵に付いていると、稽古だけではなく真剣でのやり取りなど、様々な場に出合う。

それらを間近に見た興奮がそのまま稽古に直結するのであるから、上達が早いのも頷《うなず》ける。

防具をつけての打ち合いでも少しは歯応えが出てきたので、稽古をつける竜蔵もおもしろくなってきて力が入る。

何といっても、小さな道場のこと。実質峡竜蔵に付きっきりで指導を受けているわけである。

「強くならずして何とする！」

と、兄弟子《あにでし》の庄太夫からは叱咤《しった》されているのだ。

その、口だけが達者な庄太夫も、四十になる目明《めあ》かし・網結《あみすき》の半次の入門が刺激になり、

〝年寄りを労るつもりの稽古〟

にも時折は稽古相手が出来たことで、このところかなり気合が入っている。

笛売り太一の一件を収め、念願叶《かな》って半次は峡道場に入門した。

お上の御用がある故《ゆえ》、毎日は稽古に来られぬ半次であったが、日に日にこの何とも

家族的で味わいのある峡道場に来ることが堪らぬ楽しみとなっている。

この日は朝から道場へやって来て、型の稽古を熱心に受けた。

四人いれば二組で稽古ができる。

「やあッ！」

「とうッ！」

という掛け声も勇ましく、竜蔵の指導の下《もと》、一同は飽くことなく、木太刀《きだち》によって刃筋を確かめた。

気がつけばいつしか昼も過ぎていた。

そしてその道場の凜《りん》とした様子を、武者窓の外からさも嬉しそうに眺める、一人の美しい武家娘の姿があった。

「何だ、綾《あや》坊か……」

竜蔵は木太刀を持つ手を休め、声をかけた。

「いつまでも綾坊でもないでしょう」

武家娘は森原《もりはら》綾であった。

故・藤川弥司郎右衛門《ふじかわやじろうえもん》の高弟にして、竜蔵が父・虎蔵《とらぞう》と死別した後は、親代わりともなって稽古をつけてくれた兄弟子・森原太兵衛《たへえ》の忘れ形見である。

剣客・江田亮五郎《えだすけごろう》との息詰まる木太刀での仕合に勝利したものの、胸の病には勝てず、五十を待たずして太兵衛はこの世を去った。

「綾を頼む……」

と言い遺《のこ》した太兵衛の願いを忘れず、竜蔵は綾を、母方の祖父・中原大樹《なかはらたいじゅ》の許《もと》へ預けた。

大樹は本所出村町で国学の学問所を開いている。父・虎蔵と夫婦別れした後、母・志津《しづ》は大樹を手伝いここで暮らしていた。

かつては門弟三千人と言われた藤川道場で、父・太兵衛と共に暮らしていたことのある綾である。

学問所の手伝いなどてきぱきとこなし、大樹を喜ばせ、このところは、竜蔵がこの世で一番苦手な女である志津の伝令として、時に道場へ訪ねてくるようになっていた。

今では綾も二十一になった。

学問所での暮らしが楽しいらしく、嫁に行く気などまったくないようであるが、色白で程よくふっくらとした顔つきは優しげで、大人の色香を湛《たた》えていて、幼い頃に呼んでいた〝綾坊〟という呼び名も最早《もはや》似合わない。

だが、綾と呼び捨てるのも気が引けるし、綾殿というのも改まっている。

「だから綾坊というしかないんだよ」

竜蔵は綾を道場へ請じ入れると、そう言って頬笑んだ。

今日は朝から学問所で、国学者達の寄り合いがあったそうで、そこで出た煮染などを届けに来てくれたのである。

ちょうどそろそろ中食《ちゅうじき》という絶妙の時分での差し入れに、峡道場は厳《おごそ》かな様子から、一気に和《なご》やかなものへと変わった。

綾はここへ来てもてきぱきと門人達の世話をやいてくれた。

「藤川先生の道場に居た頃を思い出すわ……」

「あの道場とは比べものにはならねえよ」

一緒に中食をとりながら、竜蔵と綾は共に道場で暮らした昔を懐かしんだ。

「でも、ここにはこれから何かが始まるという、夢があふれている……。素晴らしいことだと思いますよ」

綾が澄んだ瞳で道場を見回すと、確かにこの峡道場には夢があふれているような気がする。

綾殿はよいことを言ってくれるとばかりに、庄太夫はいちいち相槌《あいづち》を打ちながら二人の話を聞いている。

「倅《せがれ》は励んでいると、お袋殿にはうまく伝えておいておくれ」

竜蔵はニヤリと笑って綾を見た。

「どうせ、お袋に言われて、おれの様子を探りに来たんだろう」

「探りに来たなどと……」

綾とて、ここの様子が気になっているのだ。綾の顔が見られて嬉しかった。それくらいの言葉をまずかけてくれてもよいものを——。

綾はその言葉を呑《の》み込んで、

「志津様が竜蔵さんのことを気にかけられるのは、ありがたい親心というものです。そのように申されてはなりません」

と、竜蔵を窘《たしな》めた。

「親心？　お袋はおれをやりこめるのが生き甲斐《がい》なのさ……」

能天気に笑う竜蔵を見ていると、短気で向こう見ずのこの男の身を案じていることが馬鹿馬鹿しくなってくる。

先日のお才といい、今日の綾といい、竜蔵の心根の優しさを知っているだけに少々無遠慮なところは仕方がないと思うのだが、この男と話していると、時々無性《むしよう》に腹が立ってくるのだ。

――帰ったら志津様に、竜蔵さんは相変わらずでございましたと言ってやろう。

綾の胸の内にそんな意地悪な気持ちが湧《わ》いてくる。

「一度、竜蔵の道場に不意打をかけてやるつもりです」

日頃そう言っている志津をけしかけてやろう――心の内で企《たく》むと、この強い男の困っている姿が目に浮かび、ほのぼのとしたおかしみがこみあげてきた。

思わず顔が綻《ほころ》んだ綾を見て、

「綾坊も道場で暮らした昔を懐かしんでくれたようで何よりだ」

竜蔵は志津の急襲など夢にも思わず、相変わらず能天気に笑っている。

峡竜蔵はこれでよいのだ――。

心根が限りなく優しい男に、細かな気遣いなどなくてもよい。そこに居るだけで辺《あたり》に爽《さわ》やかな風が吹く……。それがこの男の堪らぬ魅力であるのだから。綾はそう思い直した。

「どうぞお稽古をお続け下さい」

一刻（約二時間）ばかりの後、綾は道場を辞した。

竜蔵に従って、まるで年恰好《かっこう》、背恰好、性格が不揃《ふぞろ》いの門人三人がぞろぞろと表まで出て見送った。

むくつけき男四人と共に居ると、綾の清楚《せいそ》な美しさがいっそう映《は》える。

「あまりお袋殿の言うことを真に受けるんじゃねえぞ」

「竜蔵さんがそう言っていたとお伝えしておきます」

「おいおい、そりゃあねえだろう」

顔をしかめる竜蔵に笑顔を返し、

「お邪魔を致しました」

綾は武家の娘らしく体を低くして御辞儀をすると、中原大樹の学問所へと戻って行った。

「綾坊、またいつでも覗きに来てくんな！」

竜蔵の能天気は最後まで変わらない。

——往来で綾坊と呼ぶのはやめろ。

そう叫び返したい思いと共に、とてつもなく大きな物に見守られているという安らぎが綾の胸の内にこみあげてきた。

足取りも軽く去って行く綾を見送って、竜蔵達が道場へ戻ろうとした時であった。

「あんなきれいな人に、綾坊！　はないんじゃないのかい」

にこやかに声をかけてきた女が一人——。

女易者のお辰である。

いつの間にか、見送る竜蔵達の背後に現れていたようだ。

今は商売に出かける前の様子で、縞柄《しまがら》の着物を小粋《こいき》に纏《まと》っている。

「何でえ、またお前かい」

「またお前ですよ……」

竜蔵と話すのが楽しくて仕方がない様子である。

「今のは綾坊でいいんだよ。おれにとっちゃあ、妹みてえなもんだからな」

「常磐津の師匠といい、あちこちに妹がいるんだねえ……」

おかしそうに笑うお辰を見て、新吾はむっと気色《けしき》ばんで、

「おい、そこなる女、先生に何か用があるのか」

「あたしにはお辰って名があるんだよ」

「ではお辰、我らが師である峡先生に慣れ慣れしく口を利くでない」

「新吾、まあ、いいじゃねえか。さあさあ稽古だ。お辰、またな……」

女、子供には弱い竜蔵であった。適当にあしらって、再び道場に入ろうとしたところへ、

「あたしはいいんだよ。ちょっとくらい気やすい口を利いたってさ」

お辰はまたもニヤリと笑って声をかけた。

「女、まだ申すか……」

「だからお辰だって言ってるだろ。先生、この兄さんは愛敬がないねえ」

「何を！」

いきり立つ新吾を庄太夫が抑えて、

「女相手にかっかっとするではない。お辰とやら、これからのこともある故申しておく。先生はお優しい御方《おかた》故、笑ってすませても下さるであろうが、我ら門人にとっては尊び敬う師に向かって、今のような気やすい口の利きようは捨ておけぬ。以後、謹《つつし》むがよいぞ」

と、穏やかに諭《さと》したのだが――、

「ふッ、ふッ、小父《おじ》さん、先生の弟子なのかい？　このうるさい兄さんの爺《じい》やかと思ったよ」

「爺やとは何だ！　おのれ八ツ裂きにしてくれようぞ！」

今度は庄太夫がかっかとして新吾に袖《そで》を引かれた。

竜蔵はその様子に笑いをこらえながら、

「お辰、図に乗るなよ。早く帰れ……」

と、叱《しか》りつけて、三人の弟子を促し再び道場へ戻ろうとした。

「気やすい口を利いたっていいだろ……。あたしは峡竜蔵の本当の妹なんだからさ……」

それへさして、今度はお辰、聞き捨てならないことを言った。

「本当の妹だと……？　はッ、はッ、くだらねえことを言ってねえで、商売の仕度《したく》をしな」

竜蔵はこれを一笑に付したが、お辰は目に静かな笑みを湛えて、じっと竜蔵を見つめている。

それがどうも意味ありげで、いかにも真に迫っていて、竜蔵の胸を締めつけた。

「お前……」

本気で言っているのかと、竜蔵はお辰の目を見返した。

お辰は臆さず、ただ潤んだ目を竜蔵に向けるばかりである。

「これ……、お辰……」

その、竜蔵に向けられる視線の間に、庄太夫がゆっくりと立ちはだかった。

つい今しがたは〝爺や〟と言われて激昂《げきこう》したが、さすがに年の功である。

「本当の妹とはどういうことだ」

峡竜蔵の執政を気取る身として、ここは落ち着いて対処しようと、穏やかな口調で問うた。

「だから、血の繋《つな》がった兄妹だということさ」

お辰は悪びれる様子もなく、爽やかな表情で応えた。

「血の繋がった……。おう、手前《てめえ》いい加減なことを吐《ぬ》かしやがったらただじゃおかねえぞ！　わかっているのかい」

今まで口をあんぐりと開けて、お辰の言うことを聞いていた竜蔵がついに吠《ほ》えた。

それを庄太夫は両手を前に出し、掌で宥《なだ》めた。

「よし……、理由があるなら構わねえからここで言ってみろ……」

竜蔵は気持ちを抑えると横を向いた。

庄太夫は竜蔵に畏《かしこ》まってから、お辰を腕木《うでぎ》門の内へと誘い返答を促した。

「理由を言えというなら、こういうことさ……」

お辰は帯の間に挿《はさ》んであったお守袋を大事そうに取り出して庄太夫に手渡した。

庄太夫は竜蔵に目で伺いを立て、竜蔵は見てくれるようにと頷いた。

庄太夫は錦《にしき》の袋の中を改めた。

そこには御札が入っている。

「これは鹿島《かしま》神宮の御札じゃな」

さらに、しっかりとした厚紙がもう一枚入っている。

「はて、これは……」

庄太夫は、その紙を一読して首を傾げた。

竜蔵、新吾、半次は、それを覗き込むように見ていたが、たちまち竜蔵の表情がこわばって、件《くだん》の厚紙を庄太夫から受け取りじっと眺めた。

〝愛娘殿《まなむすめ》　神田相生《あいおい》町　峡虎蔵〟

と書かれてあった。

「峡虎蔵というお武家様が、あたしにくれたんだ。峡虎蔵は、先生のお父っさんなんだろ。ということは、あたしは先生の妹ってことじゃないか」

お辰はにっこりと笑った。

〝安永九年〟と厚紙の裏に記されている。

竜蔵の亡父・虎蔵は、この御守袋を、お辰の亡母・お兼《かね》に手渡したと言う。

お兼は谷中《やなか》の〝みなせ〟という水茶屋の娘であった。

それが一人の剣客と恋に落ち、家をとび出し旅に出たが、その恋は長く続かず、剣客と別れ水茶屋に戻った時――腹にはお辰を宿していた。

その剣客こそ、峡竜蔵の父・虎蔵なのだとお辰は言うのである。

竜蔵が見るに、厚紙に書かれた添書の手は確かに亡父のものである。

思いおこしてみると、二十年程前、虎蔵は鹿島神宮に参拝に出かけていた。

鹿島神宮は、香取《かとり》神宮と並び称される武道の神を祀《まつ》った神社である。

「竜蔵、おれの体に軍神が降りてきた。お前にも御利益《ごりやく》を分けてやるから木太刀を取れ」

江戸に戻って来るや、そんなわけのわからないことを言って、竜蔵に稽古をつけてくれたことを覚えている。

その頃の虎蔵は廻国《かいこく》修行にやたらと出かけていた。

その留守中、母・志津と竜蔵が暮らす神田相生町の家に、〝末を誓った仲〟だといきなり女が訪ねてきたこともあったから、虎蔵に女がいたとて別段驚きもしない。しかし、隠し子が今頃になって出て来るとは意外であった。

竜蔵は言葉が出ず、ただお辰をまじまじと見つめるばかりである。

「虎蔵というやっとうの先生は、おっ母さんが子を孕《はら》んだと聞いて、この御守袋をあたしのために買ってくれたんだ。でも、おっ母さんは、虎蔵さんには御新造さんがいるし、この先剣術の先生として偉くなっていくお人の邪魔になりたくはないと、お父っさんと別れて家に戻ったんだ。それから一度もおっ母さんはお父っさんに会っていない……」

お辰は目に涙を浮かべてぽつりと言った。

「それで、お兼殿はそなたを生んで家業を継ぎ、一人で育てた……」

「あい……」

「この御守袋のことはいつ知った」

「去年、おっ母さんが死ぬちょっと前に、あたしにこれを渡して、何もかも打ち明けてくれたんだ」

言葉が出ない竜蔵に代わって、庄太夫が矢継早に尋ねた。

「そしてお前は、先生を訪ねてこの界隈《かいわい》にやって来たというのか」

「血を分けた兄さんがこの世に居るとわかったら、一目会いたいと思うのが人情じゃないのかい」

「それはまあ……。そなたの言う通りだな」

「家には五年ほど前からいけすかないおやじが居て、それでとび出してきたんだ……」

「そなたの継父《ままちち》か」

「あんな奴、継父でも何でもないよ。言葉たくみにおっ母さんに言い寄って、転がり込んできた馬鹿野郎だ……」

そんな奴と暮らすより、己が兄の住む町で暮らしたい……。あれこれ訪ね歩いて、峡虎蔵の息子の竜蔵がこの辺で道場を開いていると知り、やって来たのだとお辰は言った。

「どうしてすぐに先生に名乗り出なかった」

「こんな御守袋ひとつで、あたしが妹だなんて信じてくれないと思ったし、ただそっと、あのお人があたしの兄さんなんだと、心の中で満足していればいい……。でも、あっちにもこっちにも妹分がいると知って、あたしは本当の妹なんだと、つい、自慢をしたくなったんだ」

「それで、そなたは何が望みなんだ」

「望みなんか何もないよ。こんな女が妹で、同じ江戸に住んでいる……。それさえ先生にわかってもらえりゃあ、ただそれだけでいいんだ……」

しんみりと語るお辰に、邪《よこしま》な心はないようだ。さてどうしたものかと、思案する庄太夫に、

「お願いだよ。家の方にはあたしがここに居ることだけは言わないでおくれよ。あた

しにとっちゃあ、何の縁も所縁《ゆかり》もない馬鹿野郎に父親面《づら》されることだけは死んでも嫌だ……」

お辰は縋《すが》るような目で続けた。

「言いつけたりはしねえよ……」

黙って聞いていた竜蔵が、優しい声をかけた。

「ちえッ、親父《おやじ》の奴、おれには旅の土産《みやげ》のひとつ買ってきてくれたこともねえのに、御守とは笑わしやがるぜ。お辰、たまには遊びに来な」

いかつい顔がたちまち悪戯《いたずら》っ児《こ》のような無邪気なものに変わる——竜蔵のこの笑顔に触れて、お辰は喜色満面となった。

「ありがとう……。兄《あに》さん……」

お辰はそう言い置くや、竜蔵から件の御守袋を受け取ってその場から駆け去った。

「先生、あれは本当に先生の……」

新吾が心配そうに言った。

「わからねえ……。親父に聞こうたってとっくの昔に死んで、この世にいねえからな。だが、峡虎蔵にはどんなことがあってもおかしくはない。それに話を聞くうち、お辰が不憫《ふびん》に思えてな」

「とは申しましても、方々で先生の妹だと触れられたら困ります。特に出村町の志津様に知れると、あまり穏やかではありますまい」

庄太夫が声を潜めた。

「あの様子じゃあ言い触らしはしねえだろうよ。だがお袋殿がこのことを知れば厄介だな。いつかは知れることであっても、しばらくは内緒にしておきてえな」

竜蔵は溜息《ためいき》をついた。

「ここはまず、あっしが調べてみやしょう」

ひたすら無駄口をたたかず、成り行きを見守っていた網結の半次が、ここで畏まって見せた。

その目の鋭さは、謎《なぞ》を解きほぐす目明かしのものに変わっていた。

三

その次の日から三日の間――網結の半次は峡道場に姿を見せなかった。

何やら気恥ずかしいのか、きまりが悪いのか、お辰もまた竜蔵の前に姿を現さなかった。

そしてこの日の正午。

半次が道場にやって来て、お辰についてあれこれ調べあげた報告をした。

この辺を仕切る香具師《やし》の元締・浜の清兵衛に問い合わせれば、女易者であるお辰の身許もすぐに知れようものであるが、峡竜蔵の父・虎蔵の秘事に関わること故、門弟三人以外できる限り方々に手を広げたくなかった。

何と言っても、腕っ扱《こ》きの目明かし、網結の半次は今や、竜蔵の剣の弟子なのである。

得意となって、ことにあたってくれたのだ。

「おれには兄弟がいなかったから、妹がいたってのも悪くはねえな……」

突然の〝隠し子騒動〟に、師の心中を案ずる、竹中庄太夫、神森新吾に、竜蔵は能天気に頬笑んだ。

これが娘であれば、夫に欺《あざむ》かれた女親の気持ちとなって、亡父を詰る気持ちも生まれるかもしれぬが、息子というものは大人になると、

「あの親父もやるじゃねえか……」

などと、どこか騒ぎを楽しむ気持ちも生まれてくる。

財産がある家なら大変なこともあるが、峡家には何もない。

妹を名乗るお辰は器量も悪くはない。

水茶屋で育ったというから、食うに困ったこともなかったのだろう。

しかし、〝父無し子《ててな》〟と世間からは好奇の目で見られたはずだ。

おまけに今は家をとび出して、女易者として一人で生きている。

情に厚い竜蔵のことである。お辰を妹としてかわいがってやりたい気持ちもさらに湧いてくるというものだ。

竜蔵はこのようにまるで取り乱すこともなく、むしろ甘美な感慨を抱き始めていただけに、半次の報告が待ち遠しく、半次が道場に顔を覗かせるとすぐに、母屋の自室へ上げて、

「こいつはすまなかったね。腹が減っただろ、食べながら話を聞こう」

と、いつもの四人で中食をとった。

この日は庄太夫が、油揚げを程よく加えた筍御飯《たけのこごはん》を炊いていた。

「こいつはうまそうだ……」

飯碗《めしわん》を掲げるや、半次はいかにもうまそうにまず一膳平らげると、ふっと一息吐いて、

「わかりやしたよ」

と、ニヤリと笑った。

「何がわかったんだい……」

竜蔵は膝《ひざ》を進める。

「この筍飯は目黒不動門前〝竹虎〟の味だ……」

「筍飯のことはいいよ。〝竹虎〟ではなくて、虎蔵の話をしてくれ」

「ああ、そうでしたね……。あんまりうまかったので、そっちに話がいっちまいました」

半次にはこういうとぼけたところがある。

「お辰の話は本当だったかい」

「へい。谷中には確かに〝みなせ〟という水茶屋がありました。お兼という女将《おかみ》が去年死んで、娘のお辰が家を出てしまった後は、お兼の情夫を気取った亀吉《かめきち》って野郎が亭主に収まっているとか……」

「その亀吉が、お辰の言う馬鹿野郎だな」

「そっと見て来やしたが、何とも顔が間のびしていて、馬鹿な野郎でございました」

「親父に惚《ほ》れた女が、そんな野郎と最後は一緒に居たとは、どうもおもしろくねえな……」

「先生、まだお兼という女が、生前、御父上と情を交わしたかどうかはわかりませぬぞ」

庄太夫が窘めた。

「そうだったな。親分、その辺のことは何かわかったかい」

弟子に向かって〝親分〟と言うのも何やら変わっているが、竜蔵にとっては庄太夫と同じく随分と歳上の弟子であるから、こう呼ぶのが適当なのだ。

「さて、そこがまだよくわからねえんですが……」

半次は二膳目の筍飯を前に箸《はし》を置いた。

「お兼が若い頃に、よく店に来ていた剣客と通じて旅に出たのは確かでした……」

しかし、やがて一人で戻って来て、お辰を生んだ。その剣客が誰であったか——当時のことを知る人も少なく、水茶屋によく来ていた剣客も何人かいて、そのうちの誰と旅に出たか定かではないというのだ。

「ですが、峡虎蔵先生が〝みなせ〟によくお立ち寄りになっていたってことは確かなようで」

「そうなると、やはりあの御守袋を持っていたということが決め手になってくるな……」

竜蔵にはお辰の言うことは間違っていないように思えた。

〝愛娘殿〟と記した〝峡虎蔵〟は、〝神田相生町〟という地名まで並記していた。

余程、関わりのある娘であることに間違いはなかろう。

半次は、この先さらに調べてみるので、もう少し待ってもらいたいと竜蔵に言ったが、

「いや、親分は御上の御用を務める身だ。こんなことにいつまでもかかずらってはいられまい」

「ですが先生、こういうことははっきりさせねえといけませんぜ……」

「わたしもそう思います」

半次の言葉に庄太夫が同調した。

実の妹と認めるからには、峡家に関わり合いのある者達への根回しも必要だと言うのである。

「とにかく調べあげて白黒はっきりさせるべきかと……」

「庄さんの言うことはよくわかるよ。だがな、おれはお辰の言っていることを信じてやりたいのだ」

この先、兄と妹で触れ合う機会が増えれば、本当の兄妹かどうか肌でわかるはずだと竜蔵は言うのだ。

「なる程、血を分けた兄妹なら一緒に居れば心に思うことがある……。その通りかもしれませせぬな」

庄太夫は神妙な表情で頷いた。

「お袋にはどうせ折を見て話さねえといけねえが、その時はまた庄さん、知恵を貸しておくれ」

「畏まりました……」

「親分、苦労をかけちまったね。あれこれ入用もあっただろう。生憎《あいにく》今は懐が寂しいので大したこともできねえが、ちょっとの間、貸しといてくれねえか」

竜蔵に片手で拝まれて、半次は恐れ入って頭を下げ、

「とんでもねえ……。あっしは先生の弟子の端くれですぜ。御役にたてただけでもよかったってもんですよ」

と、安堵《あんど》の色を浮かべた。

竜蔵と三人の弟子は、それから箸をとって、筍飯を黙って食べた。

――うむ、お辰はおれの妹に違いない。そう認めてやったっていいではないか。

腹が膨れるに従って竜蔵はその思いを強くしていた。

思い起こすに、竜蔵が十五になった頃であったか、

「竜蔵、女ってものは手前で子を生むから、誰が我が子かすぐにわかるがよう、男ってものはそうじゃねえ。これがお前の子だと言われて、そうかと頷くだけのもんだ。ちょっと間抜けだがな。覚えがありゃあ、うだうだ言わずにどんな時でも〝そうだ〟と言え。ひょっとしていつかお前の兄弟を名乗る奴が出てきたら、まあ、そん時は面倒を見てやってくれ……」

父・虎蔵がこんな話をしてきたことがあった。

何を馬鹿な話をしやがるんだと、まだ若かった竜蔵は思ったが、今思えば気になる子供の存在があってのことだったのかもしれなかった。

――あの馬鹿な親父に替わって、面倒を見てやるか。

竜蔵の肚《はら》は据わっていくが、峡家の執政を気取る庄太夫は、女易者であるお辰をいかに処遇すればよいかと思案していたし、半次は目明かしの習性で、竜蔵がいかにこれ以上は調べずともよいと言ったとて、まだまだお辰の身辺を洗わぬと気が済まない。

新吾はというと、自分の家庭に置き換えて、いきなり妹が現れたらどうするであろうと、まるで答が出ない思案にふけっている。

四人が噛《か》みしめる箇は、少しばかり固かった。

そしてこの中食の間に、無人になった道場に、渦中の女・お辰がふらりと現れたことに四人は気付いていなかった。

「おや、誰もいないのかい……」

兄妹の名乗りをして以来、再び訪ねるかどうか悩んだが、

「お前のような八卦見が、おれの妹などとは片腹痛い……」

そんな風に追い返されるかと思いきや、また遊びに来いと、優しい笑顔を向けてくれた竜蔵に、会いたくて会いたくて仕方がなかったお辰であった。

稽古の最中であれば、邪魔になってもいけないと思っていたから、道場が無人であったことにお辰はほっと一息ついた。

ここで待っていれば峡竜蔵はどうせまた現れる。

その時にまた、あの笑顔を見て、また遊びに来いと言ってもらって、

「兄さん……」

と、呼びかけて、今日も仕事の仕度にかかろう――それだけでよい。

お辰はそう思っていた。

「ここが道場か……。何やらありがたいような所だねえ……」

少し前に盛り場で絡んできた酔客から守ってくれた竜蔵の勇姿が思い出された。

「おう、いい男がみっともねえぜ」

竜蔵にただ一声かけられただけで、馬鹿共は、

「う、氏神《うじがみ》の旦那だ……」

「あ、あの、馬鹿みてえに強《つえ》え……」

と、慌てて逃げ出した。

近頃はとんと縁がないが、少し前までは喧嘩《けんか》の仲裁でこの辺を忙しく走り回っていた竜蔵ならではのことである。

「あの野郎、何が馬鹿みてえに、だ」

怒りつつも、

「お前もああいう酔っ払いに構わず、とっとと帰りな。お蔭で馬鹿と言われちまったぜ」

お辰を見る目は優しかった。

この時既《すで》に、お辰は馬鹿みたいに強い氏神の旦那が、峡竜蔵その人であることを知っていた。

峡竜蔵の噂《うわさ》を集めて、竜蔵が立ち廻りそうな所を選《よ》っては八卦見をして歩いていたのだ。

「兄さん……」

そう名乗りたい気持ちを抑えて、それからというもの、町で見かける度に言葉を交わせるようになった。

そして今では道場に訪ねて来られる仲となった。

「あたしは父無し子だけど、本当のお父っさんはお武家で、兄さんはやっとうの先生なんだ……」

誇らしい気持ちになった。

もう二度と会いたくもないが、生まれ育った谷中界隈の昔馴染に触れて回りたい思いだ。

道場の出入りの階《きざはし》に腰を下ろし、うっとりとした心地でいると、

「あら、誰も居ないようですね」

お辰に続いて、一人の年嵩《としかさ》の女が道場を訪ねて来てお辰に頬笑んだ。

「御中食でもとっているのでしょうかねえ……」

髪に白いものが混じってはいるが、女は物言いもはきはきとしていて、立っている姿もしっかりとしている。武家の婦人のようである。

「そうでしょうか……。あたしも今、来たばかりでして……」

お辰はすっかりと気圧《けお》されて、ありったけの笑顔と丁重さで応えた。

お辰の生まれ育った家は、水茶屋とはいえ、その実〝けころ〟という私娼《ししょう》を抱えた遊女屋で、白粉《おしろい》焼けをした嗄《しゃが》れ声の女ばかりを見てきただけに、こういうしっかりとした武家の女に声をかけられると、どうしていいかわからなくなるのだ。

だが、武家の婦人はそういうお辰を馬鹿にせず、むしろ好感を抱いた様子で、親しみの目を向けてきた。

「あなたはこの道場にはよく訪ねて来るのですか」

「はい……、あ、あなた様は……」

「そういえばここへ来るのは初めてでした。あまり剣術道場にはいい思い出がなくてねえ。ほッ、ほッ……」

ほがらかに気取りもなく話してくれる武家婦人に、お辰の緊張もすぐに解けた。

「それなのにお訪ねになったのですか」

「ええ、出来の悪いのが一人ここにおりましてね。たまに訪ねて腕の程を見極めてやろうと……」

悪戯好きの少女のような笑みを浮かべるこの婦人と喋《しゃべ》っていると、ついお辰の口も軽くなってきて、

「あなたもこの道場には知り人が？」

「はい、兄さんがここでお稽古を」

と、ついいらぬことを言ってしまった。

竜蔵が庄太夫、新吾、半次と中食をとり終えて、道場へ戻ってきたのはこの時であった。

武家婦人とお辰が楽しそうに語り合っているのを見て、竜蔵の顔がひきつった。

「母上……！」

何たることであろうか――この武家婦人こそ、竜蔵が今、お辰の存在をひた隠しにしたい相手、志津であった。

この言葉に、新吾、半次は固まった。

何度か竜蔵の供をして出村町に、中原大樹と志津を訪ねたことのある庄太夫は志津の顔を見知っている。既に埴輪《はにわ》のような顔になっていた。

「わァッ、はッ、はッ、はッ……、母上、よくいらせられましたな。わァッ、はッ、はッ……」

研ぎ澄まされた刃の如く、勘の鋭い母のこと、ひきつった顔をしていると勘付かれる――竜蔵はまず笑った。

三人の門人もこれに倣《なら》った。

とにかく笑うしかない。

「何です。打たれすぎて頭がおかしくなりましたか」

志津はいきなり竜蔵をやりこめた。

お辰はここに及んで、この武家の婦人が峡竜蔵の母、つまり虎蔵の妻女であることに気付いて、しまったと口を押さえた。

「何だ、お辰ではないか……」

余計なことは言うなと目で語りつつ、竜蔵はお辰が志津とどんな話をしていたのか探ろうとまず声をかけた。

幸いにも志津は不機嫌な顔はしていない。

まだ勘付かれてはいないようだ。

「お邪魔をしております……」

お辰は逃げ出したい思いを抑え、頭を下げた。

「お辰さんというのですか……」

志津はお辰に頬笑みかけると竜蔵を見た。

「お兄さんがここでお稽古をされているとか」

「え、えぇ、そうなんですよ……」

お辰は既に余計なことを言っていた——竜蔵は落ち着きなく右の人差指で鼻をこすりながら、庄太夫に助け舟を求めた。

「親分の妹御でございまして……」

庄太夫は、新参の半次に役をふった。

この道場でお辰の兄妹となれば、武士でない半次が相応《ふさわ》しい。

半次はいきなりふられて、少しばかり動揺したが、そこは目明かしである。

「へい、左様でございます……」

自然な動作で腰を折って、

「何だ、お辰、お前来ていたのかい。道場へは来るなと言ったじゃねえか」

と、兄を演じてお辰を窘めた。

「堪忍しておくれ……。一度、お稽古を見てみたくて……」

お辰がこれに合わせた。

志津は静かにそのやり取りを見ている。

「ヘッ、ヘッ、半次と申します。お初にお目にかかります。先生にはお世話になっておりやす……」

　半次は志津に頭を下げた。

「ああ、あなたが親分でしたか」

「へい……。その……、親分です……。はッ、はッ、何と申しましても年の離れた妹でございましてね。色々御迷惑をおかけ致しておりやす。お辰、さあ、帰ろう……」

　半次はお辰を促して道場を出ようとした。

　男達はそれをただ笑って見送る……。

「お待ちなさい……」

　志津がそれを落ち着き払った声で制した。

「竜蔵、お前はこの母を欺こうとしていますね」

「欺こうなどとは思ってもおりませんよ。はッ、はッ、はッ……。何を申されるのです……」

　竜蔵は鼻をこすりつつ笑ってごまかした。

「お前は子供の頃から、私に嘘《うそ》をつく時、それ、そのように鼻をこするのです」

「まさかそのような……」

　慌てて鼻から手を離す竜蔵を志津はじっと見つめた。

　直心影流《じきしんかげ》・藤川道場にあって剛剣を謳《うた》われ、剣をとっては鬼神の如き峡竜蔵が、もじもじとして顔を紅潮させている。

男にとって母親は永遠の天敵である。

「親分のお話は先日聞きました。網結を担う家に生まれたものの、肉親に早く死に別れて、まだ幼い頃に天涯孤独の身になったと……」

それゆえどう勘定しても、年の離れた妹がいるはずはないと志津は言う。

「誰の妹御なのです……」

道場に沈黙が起こった。

志津は愛息・竜蔵の弟子のことは、竜蔵からも、伝令の綾からも聞き及び把握している。余計なことを口にすると命とりだ。

「わたしの妹です」

竜蔵は肚を決めた。

あッとお辰は首をすくめた。三人の門人も息を呑んだ。

「そのような気がしていました」

志津は何ひとつ取り乱す様子もなく、竜蔵を見ていた。

「竜蔵、あなたがそう認めたのですね」

「はい……」

「ではそういうことなのでしょう。あの人に隠し子が居たとて不思議はありません。もっとも今生きていたら、おれは隠した覚えはない……などと言うでしょうが」

「母上……」

「わかっています。どうせそのうちわかることなら下手な小細工などせずに打ち明けてしまおう……。あなたも少しは男としての肚が据わってきたようですね」

志津はにこやかに竜蔵に言葉を贈ると、お辰を見た。

「どうか、お許しを……」

お辰はその場に手をついた。

「あなたが謝ることはありません……」

志津はお辰の手を取って顔を上げさせると、

「虎蔵はあなたのお母さんの面倒を見ましたか、それとも捨ててしまったのですか」

穏やかに問うた。

「母上、お辰の母御はお兼殿と言って、父上の立身を願い、自《みずか》ら身を引いて二度と会わなかったとのことにござりまする」

緊張に声が出ないお辰の代わりに、竜蔵が応えてやった。

「お辰、御守袋を見せてみろ……」

竜蔵は渋るお辰に御守袋を出させ、件の書き付けを志津に見せた。

「せめてもの証にと父上はこれを、お兼殿に渡したとのことです」

志津は、確かに虎蔵の手によるものだと頷くと、

「あなたの母御にとっては本望なことであったでしょうが、お辰殿にはすまぬことを致しました。竜蔵、私は峡虎蔵とは夫婦別れをした身、あなたがお辰殿の世話をしてさしあげなさい」

そう言って、道場に背を向けた。

「母上……。お待ち下さい」

「あなたがしっかりやっているか、不意打ちをかけてやろうと思って来ましたが、私を労ろうとして下さる門人にも恵まれ、なかなかのものでした」

志津はそう言うと、しっかりとした足取りで道場を後にした。

竜蔵はもう何も言わず、ただ道場の表まで出て、志津の後姿に一礼した。

四

「本当に堪忍しておくれ……。あたしはあのお方が先生の母上様とは夢にも思わなかったんだよ……」

志津が帰ってから、お辰はただただ頭を下げた。

何やらすっかりと気が抜けてしまい、竜蔵はその日の稽古をやめて、三人の門弟と共に、母屋の自室で一杯やりながらお辰のことを慰めてやった。

竜蔵自身皆と一緒に酒でも飲まぬと、気が塞《ふさ》ぐ想《おも》いであった。

「あのお方が先生の母上様だなんて……。あたしはまた、出来の悪いのがいるっていうから、そこの怒りっぽい兄さんの……」

「おれの名は神森新吾だよ」

「新吾のおっ母さんと思ったんだよ」

「呼び捨てか……。先生の妹でなかったら殴ってるところだ」

お辰はなかなかいける口で、酒で憂《うれ》いを晴らそうと、冷酒を呷《あお》るうち酔っ払ってきた。

思えば志津は虎蔵が嫌いで夫婦別れをしたわけではない。恋仇《こいがたき》の娘に会いたくもなかろう。

それが、息子の様子を案じて来てみればそこに居たのである。

何ひとつ取り乱すことなく帰って行っただけに、一層気の毒に思えてならないのは皆同じである。

余計なことを口ばしってしまったお辰は、竜蔵と母親の仲を裂いたような心地がして、堪らなく辛《つら》い。

しかし一方では、志津に対して、堂々と隠すことなくお辰の存在を明かし、卑しい水茶屋の娘であるこの身を、人らしく扱ってくれた竜蔵の優しさを思うと、嬉しくて仕方がない。

「お辰、おれもお前も塞ぐことはねえんだ。こいつはおれの親父とお前のお袋の話で、おれ達は誰からも文句を言われる覚えはねえや」

「でも先生……」

「いいから兄さんと呼べ」

「そんな兄さんだなんて……」

「いいから呼べ！　だいたいお前が妹だと言ってきやがったんだろう。一番知られたくねえ相手に知られちまったんだ。こうなったら自棄《やけ》になって呼びゃあいいぜ。言ってみろい！」

「そんなら……、兄さん……」

「もっとしっかり言ってみろい！」

「兄さん！」

「よし！　もう随分と飲んだ。兄貴が送ってやるから今日は帰んな。それとも、ここで一緒に暮らすか」

「とんでもない……！　兄さんにはこの上迷惑はかけたくないんだ。人にはあたしのことを、常磐津の御師匠や、綾さんのように妹分だと言っておくれ」

「本当の妹を妹分と呼べるか。とにかく送ってやろう……」

竜蔵は、庄太夫、新吾、半次を残して、お辰を連れて道場を出た。

三人の門弟は顔を見合わせた。

「こんなにあっさりと、本当の妹だと認めてもいいのですか」

新吾がそういえば、

「それは先生がお決めになることだ。しかし、峡竜蔵は先のある御身だ。女易者が妹では恰好がつかぬ」

庄太夫は世間の目を気にする。

「あっしは何かすっきりしねえんですよ……」

半次は目明かしの勘を働かせる……。

三人の門弟の心配をよそに、それからの竜蔵はよくお辰の面倒を見てやった。

昔馴染の妹分・お才だけには事情を話した。

「ふ〜ん、あの八卦見の姉さんがねえ……」

どうも竜蔵に馴れ馴れしいと気にいらなかったお辰が、血を分けた妹だと聞いて何とはなしにほっとした。父無し子として生まれ育った境遇は自分も同じだ。お辰の気持ちは痛い程わかる。とはいえどうも疑問が残る。お才は、しばらく成り行きを見守ろうと高処《たかみ》の見物を決めこんだ。

竜蔵は誰彼構わず、

「こいつはおれの血を分けた妹なんだ」

と、お辰のことを指して言ったが、幸いなことに、誰もが冗談だと捉《とら》えて、峡の旦那の妹分としか思わなかった。

お辰にとってもその方が気が楽であったし、喧嘩無敵の峡竜蔵の妹分という噂が広まれば、八卦見の商売もどこへ行ってもやり易《やす》かった。

「兄さん……」

そう呼ぶと心が弾んだ。

母親のお兼は、〝けころ〟を束ねる家業が嫌で、剣客と駆け落ちまでした女であったが、お辰を育てるために水茶屋の女将を継ぐと、すっかり女郎屋の女将然としてしまった。

溺愛《できあい》するお辰に〝みなせ〟を継がせようと、お辰に言い寄る男達を追い払った。水茶屋の亭主に収まってやろうという若い男などにろくな奴はいなかったからだ。しかしそのお兼が、お辰を守るために雇ったやくざ者の亀吉を家に入れてしまうようになったのは、迫り来る老いに心乱れたというしかない。

言い寄る男。追い払う男。いずれにせよろくでもない男達しか見てこなかったお辰は今、幸せであった。

痛快無比、まるで飾り気のない快男児・峡竜蔵を兄さんと呼ぶことができるのだから。

この日は竜蔵が行きつけの居酒屋〝ごんた〟に夕刻から出かけた。

〝兄さん〟は、大目付・佐原信濃守という、大層偉い旗本の屋敷へ出稽古をしていて、月一両の謝礼を決って貰《もら》っているものの、道場を持ち弟子を持つ身となれば足りないことも多い。

八卦見で稼ぐお辰は、

「兄さん、たまにはあたしにいい恰好をさせておくれな」

とばかりに、今日は竜蔵と庄太夫に、葛餡《くずあん》を掛けた豆腐と菜飯を振る舞い、竜蔵に見守られつつ高輪《たかなわ》辺りで八卦見をして、三田四丁目春林寺前の、そば屋の二階を間借りした住処《すみか》へ戻った。

近くまで竜蔵が見送ってくれた。

そば屋は夫婦二人で営んでいて、遅くまで開いてるのは気が利いている」

「そばの味はしれているが、遅くまで開いてるのは気が利いている」

八卦見を終えて帰ると、夜も更けているお辰には遅くまでやっているのが何よりだ。

そば屋の出入りから中へ入って、入れ込みの端から奥へと続く廊下に、二階へ上る階段がある。

「今、帰ったよ……」

お辰がそば屋へ入ると、入れ込みには結構な客が居て、そこを擦り抜けるように廊下へ進もうとした時——客の中に見覚えのある男の顔があった。

お辰はその顔を認めると深い溜息とともにやりきれぬ表情を浮かべた。

そば切りで一杯やっている四十前の色白の男は、小ずるそうな笑顔をお辰に向けている。

この男こそ、お辰が忌み嫌っている継父気取りの亀吉であった。

「どうです、占ってさしあげましょうか」

お辰はけだるい声で言った。

「ではちょいと表まで……」

亀吉が頷く間を待たず、お辰は店の表の掛け行灯《あんどん》の下へと亀吉を誘った。

「随分と捜したぜ……」

亀吉は表へ出るや、いかにも心配したという顔を見せた。

「あたしのことは放っておいてくれないかい」

お辰は吐き捨てるように言った。

「放っておけるわけがねえだろう。これじゃあおれがお前を追い出して〝みなせ〟を乗っ取ったみてえじゃねえか」

「ふん、お前さんが人に何と思われようと、あたしの知ったことかい」

「そんなつれねえことを言うもんじゃねえや」

「店を出る時、あたしもちょっとはお足を持ち出させてもらったから、後は好きにしておくれ」

あんな店から盛り場から、出てしまいたいと兼々《かねがね》思っていたのだとお辰は横を向いた。

「だからお辰、お前が店を出たいと言うから、おれはおれでいい話を見つけてきたんじゃねえか」

「助平親父の後添《のちぞ》いになることの、どこがいい話だって言うんだい」

亀吉が見つけてきたいい話とは、不忍池《しのばずのいけ》の端《はた》の出合い茶屋〝池にし〟の主《あるじ》との縁談であった。

〝池にし〟は池の端界隈では特に繁盛しているし、その主は他に水茶屋なども手広く商っている。

だが縁談と言っても〝池にし〟の後添いに迎えられるというだけのことで、この主はそれ者《しゃ》上がりの妾《めかけ》にそれぞれ店をやらせていたから、三代続く水茶屋の娘をせめて本妻に据えようというつもりなのだろう。

嫁げば上げ膳据え膳、月に一度は芝居でも見て気楽に過ごせるかもしれなかったが、お辰の器量を気に入った男の、慰み者になるのと何ら変わりはない。

世間的にはお兼の忘れ形見を立派に嫁に出したと見せ、〝池にし〟からは結納金をせしめ、後は〝みなせ〟を売りとばしてやろうという与平の肚は読めている。

「おいおい、そいつはお前の考え違えだよう。おれはお前の先行きを心《しん》から思って
……」

「二度と訪ねて来ないでおくれ」

「おい、お辰……」

「父親面をするんじゃないよ。言っておくけどねえ、あたしには滅法強《めっぽう》いやっとうの先生がついているんだよ」

「ああ、そのようだな。お前を捜すうちに、おかしな浪人者がいつも傍《そば》に居ると聞いた。親の因果は祟《たた》るというが、お前のおっ母さんも剣術遣いに捨てられた身じゃねえか。おれが話をつけてやるから、谷中へ帰んな」

「考え違いをしているのはあんたの方だよ。やっとうの先生は、あたしの血を分けた兄さんなんだよ」

「何だって……」

「あたしに兄さんがいたんだよ」

「おれはそんな話をお兼から聞いちゃいねえ」

「ふん、他人に知らせる話じゃないさ。帰っておくれ。兄さんを呼ぶよ」

「わかったよ……。今日のところは帰るが、ようく考えてみておくれ」

亀吉はそば屋の代を払うと、そそくさと立ち去った。

「何があたしの先行きを想ってだ。大きなお世話だ……」

あんな男に心を許した母のお兼が憎くもあり、哀れでもあった。

女一人、父無し子を抱えて気丈に水茶屋の女将として生きてきたお兼も、晩年になり体を病んでからは、寂しくて不安になったのであろうか。

「それにしたってあんな奴に……」

そう思うと、下らない男に峡竜蔵のことを持ち出してしまったことが、お辰の心を締めつけた。

腹の中には欲得の他に何もない、あの亀吉のにやけきった色白の顔を思い浮かべると、

「何も言うな……」

と笑ってくれる、竜蔵の爽やかで晴れ渡った表情のひとつひとつが、国民《くにたみ》を守護する三十番神《さんじゅうばんしん》の顔に思えてくる。

「兄さん……」

お辰は切なく息をついて、掛行灯の明かりに浮かぶ葉桜を見上げた。

新たな芽を育《はぐく》み、新たな生長を期する桜の木が、お辰の目には眩《まぶ》しかった。

お辰には峡竜蔵に言わねばならぬことがあった——。

五

その二日後に、森原綾が峡道場を訪ねてきた。

夏の到来を匂《にお》わせる、汗ばむ陽気の昼下がりのことである。

道場では真剣を抜いての型稽古の最中であった。

門弟は庄太夫と新吾の二人。

網結の半次は何か探り事をしているようで、ここ数日姿を見せていなかった。

さすがは直心影流第十代的伝《てきでん》・藤川弥司郎右衛門の高弟・森原太兵衛を父に持つ身である。二十歳を越えたばかりの楚々《そそ》とした様子からは思いも寄らぬ落ち着きはらった目で、虚空を斬《き》り裂く真剣の行方《ゆくえ》を追うと、綾は道場の出入りで竜蔵に一礼した。

「そろそろ来る頃だと思っていたよ……」

竜蔵は庄太夫と新吾に続けさせると自らは刀を納めて、綾を階に腰掛けさせた。

「母上は息災か……」

竜蔵は出入りへと出て、階がかかる縁に、どっかと腰を降ろした。

「志津様のことです。いつもとお変わりはございませんが……」

「心に鬼を抱えているか」

「鬼も大蛇もお抱えになっているようで……」

「綾坊もお袋の心の動きを読めるようになったか。大したものだ……」

「道場をお訪ねになったというのに、竜蔵さんのことを何もお話しにならないので」

「何事もなかったように振る舞っているつもりでも、見事に肚の内を見破られた……。お袋殿も人らしくなったものだ」

竜蔵はふっと笑ったが、表情の奥には母を労る気持ちが見え隠れしている。

「何があったのです」

「綾坊が帰った後、俄におれに血を分けた妹がいることが分かったのさ」

「竜蔵さんの血を分けた妹……？」

思いもかけぬ竜蔵の言葉に、綾は整った眉《まゆ》をひそめた。

竜蔵は綾に、このところの〝お辰騒動〟の顚末《てんまつ》を物語った。

亡父・虎蔵のことをよく知る綾である。どうせそのうちに話そうと思っていたのだ。

「虎蔵先生のことです。何があっても不思議ではありませんが……」

事情を聞けば、綾もさすがに驚いた。

「そうですか。そんなことがあったのですか……」

「お袋殿はそのようなことは何も？」

「はい、何も仰《おつしや》ってはおりませんでした」

「そうか……。きっと何かの拍子にこの話が出た時、ああ、そのことですか……。などと、何でもないような顔をするつもりなのだろう。人に弱みを見せるのが嫌いな人だからな……」

「ここでそのお辰さんに会った時も……」

「ああ、まるでいつも通りの様子だった。だが、綾坊の前では気持ちが外へ出てしまったようだな」

「それはそうでしょう。その頃のことを思えば、まだ志津様とは夫婦別れをしていなかったはずですし、息子と同じように娘にまで〝辰〟の字を名付けているわけでしょう」

「ああ、お袋殿がおもしろくないのは当り前のことだな」

「ましてや、頼みに思う竜蔵さんが、夫が他所《よそ》の女子《おなご》に生ませた娘をかわいがっているのを目《ま》のあたりにしたわけですからね」

「ああ、それはわかっている……」

「わかっているのなら、そんなにた易く妹だと認めてしまってよいものなの？」

型の稽古をしながら聞き耳を立てている庄太夫と新吾は、そこが先生の人の好きするところなのだ。もっと言って貰いたいという顔をした。

幼い頃から竜蔵を知っている綾の言葉は、人生の師・竹中庄太夫のものとはまた違った響きで、竜蔵の胸に届くのだ。

「だが、お辰が持っていた御守袋には確かに親父の手による添書が入っていたんだ……」

それには〝愛娘殿　神田相生町 峡虎蔵〟と認《したた》められてあったのだからと竜蔵は綾に力説した。

すると――綾の表情にたちまち興奮の色が表れて、

「それは……、もしかして、こういう物ではなかった？」

と、帯の間から大事そうに、錦でできた御守袋を取り出して見せた。

「これは、私が生まれてまだ間もない頃に、竜蔵さんのお父様から頂いた御守なのよ」

「え……？　綾坊、そんな物持っていたかい」

「何度か話したわよ。本当に人の話を聞いていないのだから……」

峡虎蔵は、綾の父・森原太兵衛の兄弟子で、心優しき太兵衛を若い頃から引き立ててきた。

それだけに、娘がいない虎蔵は綾の誕生を我がことのように喜び、修行の旅に出た折に香取神宮の御札をもらってきてくれたのである。

本当は鹿島神宮の御札を渡すつもりであったのだが、そちらの方は人にあげてしまったので、同じく軍神を祭る香取神宮の御札を新たに貰ってきたのだと太兵衛には告げたという。

以来、綾は外出の折には帯の間にこれを忍ばせてきたのであるが、太兵衛も綾も、亡母・奈江《なえ》も、虎蔵と志津が夫婦別れをしたことを気遣い、極力志津の前では虎蔵の話を避けた。それ故、この御守のことは志津も未《いま》だに知らない。

「竜蔵さん、御守袋の中を改めてみて下さい」

竜蔵は、綾が何を言いたいかに思い当たり、慌てて中から札を取り出すと——一枚の厚紙が共に出てきた。

もうこの時には、庄太夫と新吾は型の稽古をやめ、竜蔵の傍へとやって来て固唾《かたず》を呑んで成り行きを見つめていた。

その厚紙には——〝愛娘殿　神田相生町 峡虎蔵〟と認められてあった。

「そうか……、そういうことだったのか……」

確かに〝愛娘殿〟では誰に宛《あ》てたのかは確《しか》としない。

あの鹿島神宮の御札は、元々綾に渡すつもりで求めたものであったのだ。

もちろん、綾に渡すつもりが、御札を求めた直後にお兼の懐妊を知って渡したものかはしれないが、同じ添書を綾が持っているところをみると、虎蔵は誰の娘にでも

〝愛娘殿〟と書く癖があったと言える。

「本当に我が娘なら、人にあげようと思って頂いてきた御札を渡すかしら。何日かかっても新たな物を求める……。虎蔵先生はそういう御方ではなかったかと私は思います」

「う～む……」

竜蔵は唸《うな》った。

綾の言うことは尽《ことごと》く的を射ている。

「そんならお辰は、このおれに嘘をついて、はめやがったってことかい……」

折目正しい綾と話している時は、武家風の物言いとなる竜蔵であったが、気が昂《たか》ぶるといつもの伝法《でんぽう》な口調となってきた。

「もし、本当の妹でなかったとしても、騙《だま》すつもりはなかったのでしょう。私にはわかります。ずっとお辰さんは竜蔵さんみたいなお兄さんが居ればどんなにいいか……。そう思って暮らしてきたのでしょう。女というものはね、若い頃は色々な夢を見るうちに、幻と真がわからなくなったりするものなのです」

綾殿は好いことを申されるとばかりに、横手で庄太夫が感じ入った。

竜蔵の心の内に、父親の面影も知らず、娼家で育ったお辰という女の今までの日々が、ぼんやりと浮かんできた。

「そうだな、はめるつもりはなかったんだろうな」

竜蔵はゆっくりと頷くと、やがてニヤリと笑って綾を見た。

「女というものは……。いよいよ綾坊がそんなことを語るようになったんだなあ」

「今の話は、志津様から聞いたのですよ」

綾は頬笑んだ。しっかりとした大人の女になった今も、竜蔵を兄のように慕い、こましゃくれた言葉をかけてきた、少女の頃のあどけなさはそのままだ。

「何だ、お袋殿の受け売りか……。あのお袋はどんな夢を見ていたのかねえ。人ってものは哀《かな》しいものだなあ……。わァッ、はッ、はッ……」

竜蔵が放つ豪快な笑いがこだまして、道場はたちまち和やかな様子となった。

そこへ、網結の半次が勢いよく入って来た。

「こいつはお越しでしたか……」

半次は綾に一礼をすると、竜蔵に畏まって、

「先生、亀吉の野郎が妙な動きをしておりやす」

「亀吉？」

「お辰の継父を気取っている、あの馬鹿野郎ですよ」

「お辰がこの辺りに居ることを嗅《か》ぎつけたのかい」

「へい。こいつがまた、とんでもねえ野郎で……」

竜蔵は半次を睨《にら》むように見た。

その眼光は、たちまち仏法を守護するという竜王の如き輝きを放った。

六

その日も暮れてきた。

これからの一刻ばかりの間が、お辰は嫌いであった。

方々で炊《かし》きの煙が立ち、子供達が母親に手を引かれてそれぞれの家へと帰って行く――。

この何でもない、当り前のような風景が、お辰にとってはずっと目障りであった。

貧しさに泣いたこともない。ひもじい想いをしたこともない。

母のお兼に恨みはないが、大人になるにつれつくづくと、人の温《ぬく》もりや情の潤いに恵まれぬ日々を過ごしてきた身の不運を嘆きたくなった。

そんな想いにかられる時分が今から始まるのだ。

それ故にお辰は、この時分から八卦見に出かける暮らしを選んだ。盛り場をうろついていれば、安らぎはなくとも夢心地でいられるからだ。

八卦は谷中を廻る女易者から教えてもらった。

水茶屋の仕切に忙しいお兼と離れて、奥の一間で過ごす退屈な一時——女易者は部屋の格子窓の向こうに現れてはお辰を構ってくれた。

今思えばその女易者にも、別れを余儀なくされた娘がいたのかもしれない。

見よう見真似で始めた八卦見が、お辰を自立させてくれた。谷中の家をとび出して、知り合いを頼りに芝界隈へとやって来て、家から持ち出した金の力で何とか一人、暮らせるようになった。

酔っ払いに絡まれることもあるが、谷中にいた頃を想うと、今は生きている悦《よろこ》びに充ちている。

それでも、

——さて、今日も出かけるか。

元気を出して商売に励もうという気力が、この日はなかなか湧いてこなかった。

あの亀吉が訪ねてきてからというもの。感傷がお辰を襲うのである。

——あたしはあの先生を、兄さんなどと呼べる女じゃないんだ。

母・お兼が駆け落ちした男は名も無い剣客で、お兼に金を持ち出させ、金が切れるとどこかへ消えてしまった。

腹に子を宿して水茶屋へ戻ってきたお兼を、時折出稽古帰りに水茶屋へ立ち寄っていた峡虎蔵という剣客が憐《あわ》れんで、

「こいつは友達の娘のために貰ってきたが、お前の生まれてくる子にあげるとしよう……」

そう言って錦の袋に入った鹿島神宮の御札を置いていった。

生まれてきた子が女であったから、〝愛娘殿〟の添書は、そのまま残していれておいた。

お兼は虎蔵が好きだった。

水茶屋の女達は競って虎蔵の気を引いたが、虎蔵はいつもそういう女をからかいつつ、茶を飲むだけで帰って行く――その豪快で茶目っ気のある姿に惚れていた。

しかし相手は名だたる剣客。御新造と嫡男のある身。

諦《あきら》めるつもりが、下らぬ剣客まがいへの恋へと変じた。

それだけにお兼は余程この御札を貰ったことが嬉しかったのであろう。お辰が物心つかぬうちから、峡先生がお前に下さったんだよと自慢げに言ったものだ。

いつしかお辰の心の中で、お兼が家をとび出しついて行った剣客が峡虎蔵となって

いた。

旅に出ることが多くなり、出稽古先であった旗本屋敷の剣術指南を辞した虎蔵は、お兼に御札を渡した翌年からは谷中に来ることはなく、やがて上方《かみがた》で客死したとの噂を聞いた。

そして、その息《そく》・竜蔵は父の剣才を受け継いだ屈強の剣士となっているそうな。

「このお人があたしの兄さんだったらどれ程嬉しいだろう……」

心の内で思い続けるうちに母・お兼が病歿《びょうぼつ》した。

そして、亀吉がふざけた縁談を持って来た。

気がつけば〝心の兄〟峡竜蔵が住むという芝に向いて家をとび出していた――。

思えば母・お兼も馬鹿な女である。父無し子で娼家の娘であるお辰を蔑《さげす》む奴らも情無しだ。女の生き血を吸って楽をしようという亀吉は人で無しだ。そして、優しい峡竜蔵を騙す己は嘘つき女だ。

あの素晴らしい快男児・峡竜蔵は、こんな馬鹿共と関わり合うような武士ではない。

――あたしは嘘であのお方を汚してしまった。許されるもんじゃない。

感傷はお辰の身を苛《さいな》んだ。

心が晴れぬままに、何とか気を奮い立たせて女易者と姿を変えたお辰は、間借りしているそば屋を出て、今日は赤羽根辺りで稼ごうと、四国町《しこくまち》の通りを北へ向かった。

途中、春日社で手を合わせるのが決りである。

——どうすればいいんだろう。兄さんが構ってくれる程に、辛くなってきたよ。

鳥居を潜《くぐ》り、石段を登りきった所で町の男に声をかけられた。

「お辰、考え直してくれたかい」

薄ら笑いを浮かべているのは亀吉であった。

日が陰り始めた境内には人気《ひとけ》がなく、亀吉の向こうには、唐桟縞《とうざん》の着物を着て、後《あと》金《がね》のついた雪駄《せった》をチャラチャラ鳴らしている男がいて、いかにも屈強そうな浪人三人と何やら話している。

「二度とあたしの前には来ないでおくれと、この前言ったばかりだよ……」

お辰は気丈に亀吉を見返したが、絶望に体は震えていた。

亀吉の向こうにいる男は与助《よすけ》といって、谷中界隈では顔を利かすやくざ者である。

お辰にやっとうの先生がついていると知った亀吉が与助に助っ人を頼んだのであろう。

亀吉と会って以来、竜蔵に会いに行くのも気が引けて、八卦見に出かける他は部屋にこもっていたお辰であった。

亀吉はお辰が一人なのをよいことに、無理にでも連れて帰るつもりのようだ。

それもそのはず――亀吉は既に〝池にし〟の主から結納の金子《きんす》を引っ張っていた。

父親面して、やっとうの先生と一緒であろうが用心棒を当たらせて、連れて帰るつもりで来たのだ。

「聞き分けのねえことを言うんじゃねえや。今日は首に縄をつけてでも連れて帰るからな……」

助っ人を連れていれば気も大きくなるようだ。

亀吉は少し凄《すご》んでみせると、お辰の腕をむんずと捉えた。

「何をしやがるんだ……。はなしやがれ！」

いくら向こう意気が強くともそこは女である。横手には与助もやって来て、両腕をとられては身動きもままならぬ。

「下に駕籠《かご》を待たせてあるんだ。温和《おとな》しく乗るんだな」

「あたしを売りとばそうったって、そうはいかないよ」

「人聞きの悪いことを言っちゃあいけないよ。わたしはお前の親なんだからね」

お前にとってこれ程の幸せはないのだと、亀吉は生《な》さぬ仲の娘を想う父親を気取る。

「あんたなんて親じゃあない。はなせ、はなしやがれ！」

叫ぶ声も空《むな》しく、お辰は引きずられるように石段へと連れていかれた。

——兄さんがいてくれたら。

いや、こんな奴らと関り合いになってもらいたくはない。いくら峡竜蔵だとて、このいかにも強そうな浪人達三人が相手なら、不覚をとることとてあるやもしれぬ。そうだ、いなくてよかったのだ。

母親と自分を捨てた顔も知らぬ父親を恨み、母娘を蔑む世間を恨み、水茶屋に群がる無知で野卑な男女を恨んだお辰が、これ程に健気《けなげ》に人を想うのも、竜蔵という男の真心に触れたがため……。

抗《あらが》う気力も失《う》せた時——

「おう、その女をどうしようってんだ……」

野太い声と共に、石段の向こうから峡竜蔵が姿を現した。

「兄さん……」

「お辰、このところ姿を見せねえと思っていたら、とんだことになっていたんだな」

「お前さんかい。お辰の兄を気取るやっとうの先生ってのは」

亀吉の言葉とともに、背後の浪人三人がにじり寄って来た。

「そういうお前は、亀吉とかいう継父気取りの馬鹿野郎かい。お辰から手を放しな」

「亀吉つぁんはお辰さんの父親なんだ。家を勝手にとび出した娘を連れ戻しに来て何がいけねえんで……」

与助が横から出しゃばった。

「お辰はおれの妹だ。それが縁も所縁《ゆかり》もねえクソ野郎に売りとばされようとしているんだ。そいつを助けに来て何がいけねえんだ……」

「兄さん……」

黙っていろと竜蔵はお辰に頬笑んで、

「おう、早くお辰を放しやがれ」

竜蔵は静かに亀吉と与助を見据えた。

「旦那、そこをのいちゃあ貰えませんかねえ。のかねえならちょいと面倒なことになりやすぜ」

竜蔵の目力に押された亀吉に代わって、修羅場を潜り抜けてきた与助が、浪人三人を見ながら言った。

「ほう……。面倒なことか。そいつはいってえどういうことだい……」

竜蔵はにこりと笑って歩み寄るや、いきなり与助と亀吉の顔面に鉄拳《てっけん》を喰わせた。

余りの早業《はやわざ》に、亀吉はともかく、喧嘩馴れしているはずの与助でさえ、何をされたかわからぬうちに失神していた。

「おのれ……！」

竜蔵の手にあっさりお辰を奪い返されて、三人の用心棒はまるで面目を潰《つぶ》された。止めようにも止められぬ早業であった。

しかし三人にも意地はある。このまま帰ったのではこの後の用心棒稼業に関わるというものだ。相手が凄腕と知れたとはいえ、味方は三人、元より腕に覚えはある。

一斉に抜刀して、

「えいッ！」

「やあッ！」

と、竜蔵に殺到した。

「お辰、下へ下りろ！」

竜蔵はお辰を石段の方へと押しやると、抜刀するや体を沈ませ、峰打ちに先頭の一人の臑《すね》を払った。

「うむッ……！」

激痛に相手が前のめりになったところを、竜蔵はこ奴の背を跳び越えて、続く一人の頭上から強烈な一刀を叩きつけた。

轟音《ごうおん》とともに次の相手の刀身が叩き折られ、この一人は竜蔵の豪剣を受け止めきれずに、首筋を叩かれその場に踞《うずくま》った。

竜蔵は尚も前進して、残る一人が打ち込んできた刀を下から払い上げ横腹に逆胴を叩き込んだ。

争闘は一瞬の間に終わった。

「おぬしら、腕は悪くない。鍛え直して、もう少しまともな奴の用心棒になれ」

竜蔵は最早《もはや》身動きがとれぬ用心棒達にそう言い置くと、すたすたと石段を下りていった。

下の鳥居の前には網結の半次に付き添われたお辰が心配そうに段上を見ていたが、竜蔵の姿を見ると、たちまち目に涙を浮かべ嘘《しやく》り上げた。

「何を泣いているんだよう。おれがあれくれえの奴らにやられちまうわけはねえだろう」

竜蔵は優しくお辰の肩に右手をやって、

「親分、石段の上の奴らのことはうまく片をつけてくれねえかい」

左の手で半次を拝んだ。

「へい、任せてやっておくんなせえ。力ずくで若い女をかどわかそうとした不逞《ふてい》野郎をこのままにはしておけやせん」

半次は竜蔵に畏まってみせた。

間もなく役人が来るようだ。道の端には亀吉に雇われた駕籠屋が二人、神妙な面持《おもも》ちで立っていた。

「なあに正直に話してくれたら、何もお前達を咎《とが》めやしねえよ」

半次が駕籠屋を労るのを尻目に、竜蔵は何事もなかったかのようにお辰を促して歩き出した。

「これでもう大丈夫だよ。お辰、亀吉の野郎が訪ねて来たことをどうしておれに話さなかったんだ」

いつも変わらぬ竜蔵の声に、お辰は泣けてきて泣けてきて、涙を止めようもなかった。

「あたしは……、あたしは兄さんの本当の妹なんかじゃないんだよ……。堪忍しておくれ。あたしは先生のことを……」

「お辰、何も言うな。おれのことは兄さんと呼びゃあいい」

「でも……、でも先生……」

「おれの親父が生きていりゃあ、きっとこう言うぜ。御札をやったのも何かの縁だ。

鹿島の神は忙しい。お前が代わりとなって守ってやりゃあ、武甕槌神《たけみかづちのかみ》もお前に乗り移って下さるだろう…………。てな」

「先生……。あたしの嘘を許してくれるのかい」

「だから兄さんと呼びな。ほら言ってみろ」

「兄さん……」

「それでいいんだよ。おれにはな、いっぺえ妹がいるんだ。お前も今日からその一人さ」

涙を流すことがこれほど心地のよいものであったとは――。

男の優しさに包まれてお辰は今初めて知るのであった。

兄さんと肩を並べて歩く道――方々で炊きの煙が立ち始め、子供が母親に連れられて家路を急ぐ。この景色を見たとてお辰はもう寂しくも切なくもなかった。


その翌日から――。

八卦見のお辰は芝界隈から姿を消した。

「何をてれていやがるんだ……」

思えばおかしな〝いもうと〟だったと苦笑しつつ、血を分けた兄弟のいない暮らしに戻ったことに、一抹の寂しさを覚える竜蔵であった。

「さて、どうしてやりゃあいいか……」

お辰という女易者を見かけたらよろしく頼む——香具師の元締・浜の清兵衛にそう触れてもらおうか。それとも網結の半次に捜してもらおうか……。

あれこれ想いを巡らせる竜蔵に、

「そんなにすぐにまた、兄さんなんて呼べませんよ。今はそうっとしておいておあげなさい……」

再び道場を訪ねて来た志津が言った。

「また貴方《あなた》の顔を見たくなって必ず訪ねて来ますよ。貴方はそういう顔をしています。どこかとぼけていて、笑っているかと思ったらいきなり怒り出して、気がつけば泣いている。まったく誰かと同じですよ。別れた方がせいせいすると思ったのに、しばらく顔を見ないと何やら物足りないような、からかってやりたくなってくるような……。貴方はそういう顔をしていますから、放っておいても必ず会いに来ますよ……」

辟易《へきえき》しながら話を聞いている竜蔵は、

——お袋め、未だに親父に惚れてやがる。

と、含み笑いをする。

「そんな風に、まともに人の話を聞かずに笑うところも誰かにそっくりですよ。何が兄さんですか、私ならこんな兄を持ちたいとは思いませんね……」

母の話はなかなか終わりそうになかった――。

第三話　かまぼこの味

一

見栄っ張りの江戸っ子が、初鰹《はつがつお》を競って食べる夏となった。

「庄さん、今年は何時《いつ》執り行う？」

昼からの稽古《けいこ》を終えて、峡竜蔵は道場の祭官である竹中庄太夫に問うた。

「やはり今年も執り行いますか……」

少しもったいをつけて庄太夫はニヤリと笑った。

「当り前だろ。どの行事を放《ほう》っておいたとてこればかりは、な」

ふっと竜蔵は笑って、上目遣いに庄太夫を見た。

「本当のところは、もう〝ごんた〟と話をつけているんだろう」

「ふッ、ふッ、大凡《おおよそ》のところは……」

門弟と常磐津《ときわず》の師匠お才に〝初鰹〟を振る舞うことを、竜蔵は道場主の務めとしている。

儀式事の進行はすべて庄太夫に任せている竜蔵が唯一、きっちりと忘れずにいるのがこの小宴であった。

「ヘッ、そんならあっしも御相伴《ごしょうばん》させて頂けますんで……」

近頃入門した、日明《めあ》かし・網結《あみすき》の半次が声を弾ませた。

ちょっと苦味走った親分である半次は、なかなかの食通なのである。

「当り前だよ。親分にはあれこれ世話になっているからね」

「世話だなんてそんな……」

町の与太者達からは恐れられている半次も、竜蔵に誉《ほ》められたり、持ち上げられたりすると、日頃は見せない照れた笑いを浮かべる。

庄太夫といい、この半次といい、竜蔵はどうもおやじ達から愛される。

「てことで新吾、お前は都合の悪い日はあるかい？」

竜蔵は続いて神森新吾に問うた。

真《まこと》に〝初鰹の宴〟のことになると積極的である。

しかし、神森新吾はというと、帰り支度をしながら大いに盛り上がっている大人達とは裏腹に、

「はい……。願わくば本日と明日ではないことを祈っております……」

と、何やら神妙な面持ちで応《こた》えた。

「今日と明日は何かあるのかい……。そういやあ、新吾、お前今日は道場に来るのが遅かったが、どこかへ行ってたのかい」

いつもは溌溂《はつらつ》として生《い》きのいい新吾が、口数も少なく憂《うれ》えがあるように思われて、竜蔵はさらに問い質《ただ》した。

「申し訳ございませぬ。稽古が終って後お伝えしようと思っておりました」

「やはり何かあったようだな。話してみな」

「はい……。実は昨日、わたしとは遠縁にあたる宮部《みやべ》達之進《たつのしん》が亡くなりまして……」

「亡くなった……?」

「宮部達之進殿と申せば、以前に一度この道場に新殿を迎えに来たあの若い御仁《ごじん》かな」

庄太夫が横から怪訝《けげん》な顔を新吾に向けた。

「はい。あの達之進です。わたしと同年で幼い頃は屋敷も近く、なかなかに気の合う男だったのですが、俄《にわ》かに空《むな》しくなってしまいまして……」

「それで、朝から葬《とむら》いに行ってきたのかい」

竜蔵は穏やかに言葉をかけた。こういう時の竜蔵の声音《こわね》にはいつも深い真心が隠《こも》っている。

「はい。せめて今日と明日の内くらいは、忌服をしてやろうと思いまして」

「うんうん、そうかい。お前は優しい男だからなあ。どうせ初鰹たって、今日とか明日の話じゃねえやな。新吾の気の済むようにすりゃあいいことだ。なあ、庄さん……」

庄太夫は大きく頷《うなず》いて、

「まず新殿、元気を出してくれ……」

と、近頃さらにたくましくなった新吾の肩を叩《たた》いた。

「あっしはその達之進という御方のことは存じやせんが、新吾さんと同い年ということは、まだ二十歳にならずにお亡くなりに……。いってえどうなさったんですかい」

半次は目明かしの仕事がら、やはりそこが気になるようだ。

元より達之進が死んだと聞かされた時から、そのことが気になっていたのは竜蔵も庄太夫も同じことではある。

「ああ、こいつはあっしが不躾《ぶしつけ》でございましたね……」

思わず半次は口を噤《つぐ》んだが、

「いえ、稽古の途中から、ずっと話を聞いてもらいたいと思っていました……」

新吾は稽古着から着替えると、控え場から道場へと出て端座した。

庄太夫と半次も、新吾の少し緊迫した様子に何事があったのかとこれに倣《なら》った。

竜蔵は見所《けんじょ》に座って静かに口を開いた。

「宮部達之進殿とは一度しか会《お》うたことはないが、なかなかにこやかで優しげな武士であった。体つきも悪くなかったし、病に倒れたとは思えぬが……」

「それが、剣術の稽古中に誤って頭を床に打ちつけ、その打ち所が悪く死んでしまったとのことで……」

「剣術の稽古中にか……」

有りえないことではない。

そもそも武術は生きるか死ぬかの闘いなのである。

激しい稽古で命を落とす者を竜蔵も見たことはある。

「しかし、達之進殿は剣術よりもむしろ、学問の方で身を立てようとしていたのではなかったのか」

「はい。達之進はわたしと違って学才がありましたから」

「それがどうして、そんな激しい稽古をしたんだ」

この当時、剣術稽古には面、籠手《こて》等の防具に竹刀《しない》を使用することが主流になっていた。

これは直心影流《じきしんかげ》八代的伝・長沼四郎左衛門が防具着用による仕合《しあい》を充実させ、その四十年後の宝暦の時代に、小野派一刀流中西派第二代・中西忠蔵がさらに胴と竹刀を使用して世に広めたことに始まる。

昔のように木太刀で打ち合うこともあるまいに、学問に精を出す者が武士の嗜《たしな》みに稽古をするくらいで死に至ることは珍しい。

竜蔵には不思議に思われたのだ。

「少し前から達之進は、〝文武堂《ぶんぶどう》〟に通うようになっていたのです」

「〝文武堂〟……。聞いたことがあるな」

竜蔵はその名を聞いて新吾の横で相槌《あいづち》を打つ庄太夫を見て言った。

「その名の通り文武両道を謳《うた》った塾で、ここへ入れば将来の出世が約束されると聞きました。しかし、よく入塾することができましたな。束脩《そくしゅう》の金子《きんす》だけで数十両を払わねばならぬのでは……」

竜蔵の期待通り、庄太夫はその私塾の評判を聞き及んでいた。

「無理をしてまで行くことなどなかったのです。わたしは何度もそう言ったのです

「……」

新吾は唇を噛《か》みしめた。

〝文武堂〟は、笠原監物《かさはらけんもつ》なる儒者が二十年程前に始めた私塾である。

儒学だけではなく、別に講師を揃《そろ》え、蘭学や算術も講義に取り入れ、学問だけでは国難に立ち向かうことはできぬと、小野派一刀流を修めたという笠原自らが剣術を教えた。

これが評判を呼び、実際にここで学んで無役から役付きとなった旗本の子息なども出て、入塾を希望する者が殺到し、今に至っている。

しかし、束脩の金子や、盆暮れや五節句に持参する礼金などを合わせると三十両以上の出費が必要となる。

入塾したからといって立身出世が約束されるわけではないし、ここでの受講は激烈を極め、成績や態度が塾長・笠原の気に入らなければ、剣術稽古の折にこれでもかと叩き伏せられてしまう。

そうして途中で辞めていった者も数知れない。

つまり、塾内での〝世渡り〟も求められるのである。

「達之進はいい奴ですが、生一本なところがありましたから、何かの折に先生方とぶつかるのではないかと案じておりました……」

宮部家とて無役で五十石取りの小身《しょうしん》である。そこまで無理をして行くことはないと思ったのだが、〝文武堂〟は〝塾生百人〟と決まっていて、入塾できたことが既に名誉なことで、あれこれ根回しをして叶ったことに宮部家は興奮した。達之進も立身を遂げ親の恩に報いるのだと意気込んでいたので、新吾の想《おも》いが届くはずもなかった。

新吾とて、羨《うらや》みが妬《ねた》みに変わって入塾を思い止《とど》まるように言ったと思われても片腹痛い。

素直に達之進の〝文武堂〟での活躍を祈ることにしたのであるが、新吾が案じた通り、塾生を人とも思わぬ扱いに達之進は憤慨し、反抗的な態度をとったようである。

礼金の差が塾生の扱いにあからさまに反映される、講師共の姿勢は目に余るものがあると、入塾後、新吾に達之進はこぼしたことがあった。

「その日、宮部達之進は居残りを命じられ、剣術の稽古をさせられたと言います」

「そこで床に頭を打ちつけられて死んだのだな……」

「打ちかかったところを突きあげられ、勢いよく仰向《あおむ》けに倒れたとか……」

その時に後頭部をしこたま打ち、帰らぬ人となったのだと、新吾は竜蔵に答えた。

町方の役人も呼ばれたが、塾側はこれを不慮の事故だと主張し、宮部達之進の〝武道不心得〟ということで処理された。

「何が武道不心得だ……。達之進の体には無数の打ち傷が残っていました。〝先生〟と名乗る無法者が寄ってたかって達之進を甚振《いたぶ》り、殺してしまったのに決まっております……」

新吾は無念の表情で俯《うつむ》いた。

本所割下水にある宮部の家へ弔問に訪れた時の様子が思い出された。かつて神森家は宮部家屋敷の向かいの拝領屋敷に住んでいたが、新吾が十二の時に隣家の火事に巻き込まれて家を焼失してからは、御上に願い出て麻布《あざぶ》四の橋に程近い、本家筋の旗本屋敷の地所に屋敷を借りて移り住んだ。

貧乏御家人には再び屋敷を建て直したとて、維持ができる〝体力〟とてなくなっていたのだ。

それから後も、達之進との交宜《こうぎ》は続いていたが、達之進の両親とは久し振りの再会となった。

新吾は二人のあまりに老け込んで精彩の無い表情に、労《いたわ》りの言葉さえかけられなかったという。

「そんな塾に入れずとも、もっと他に息子の先行きを明るくする法もあっただろうに……」

竜蔵は嘆息した。

そして体中に怒りが湧《わ》いて来るのを覚えた。

一度会って言葉を交わせばもう〝知らない仲ではない〟のがこの男の信条だ。

愛弟子《まなでし》・神森新吾の昔馴染《なじみ》と知れば尚更だ。

「それで、息子が死んだ不始末をどうしてくれるんだと言ってやったのかい」

と、身を乗り出した。

「いえ……。あくまでも武芸の稽古中に起こったことですし、入塾の後はここで学ぶ二年の間いかなることにも不平不満を述べないという誓約をしているとかで……」

「何だと……。では、息子を一人殺されてただ黙って見ているだけなのか。天下の直参《じきさん》が泣くぜ。笠原監物は何と吐《ぬ》かしてやがるんだ」

「今度のことは残念であったと遣いの者に言付けたとか……」

「手前は葬儀に来もしねえで、ただそれだけか」

「達之進が死んだ時、笠原塾長はその場に居なかったということで、剣崎《けんざき》という師範代を叱責《しっせき》して、一ト月の間謹慎を命じたようです」

「一ト月の間だと……。なめてやがる。それじゃあまるで申し訳程度のことじゃあねえか。談じ込んでやりゃあいいんだ」

「それはできません……」

「どうしてだ」

「笠原監物には大原《おおはら》様がついているのです」

「大原……」

「高家《こうけ》を務める大原備後守《びんごのかみ》様のことかな……?」

庄太夫が口を挟んだ。

「はい……。大原家からも弔問の遣いが来ておりました」

大原家は公儀において、儀式典礼を司《つかさど》り、様々な職責をこなす高家として、営中に威勢を振るっていた。

町方の調べでも稽古中の事故と処理された。塾でも師範代に罰を科した。そして、高家・大原備後守の弔意を受ければ、将軍家直参とはいえ、吹けばとぶような小身の御家人《ごけにん》は引き下がるしかない。

「それでは黙っているより道はござらぬな」

庄太夫が溜息《ためいき》をついた。

「だが庄さん、相手に誰がついていようが、黙っていては死んだ宮部達之進が浮かばれねえだろう」

竜蔵は気が収まらない。

「騒ぎ立てたところで息子は戻って来ない……。宮部殿はそう思っておいでなのでしょう……。周りであれこれ言い立てては余計に悲しませてしまいます。先生、我々はそういう塾を嘲笑《あざわら》い、この道場を立派な修錬の場と致しましょう」

それでも庄太夫にこう宥《なだ》められると、思えば他人のことである。怒りの矛を納めるしかなかったのであるが、権勢を笠に着て傲慢《ごうまん》の限りを尽くす連中の姿が目に浮かび、竜蔵はどうもおもしろくなかった。

悪党共を憎み、目明かしの道を歩む半次とておもしろくない気持ちは同じで、何か言いたげな表情をつくっていたが、この道場ではまだ新参者である。

竜蔵が暴走しないようにと目を光らせる、竹中庄太夫の気持ちを汲《く》んで沈黙を守った。

新吾もこの道場で共に過ごしてきて、庄太夫の危惧《きぐ》はよく分かる。

少し深刻な顔をして話し過ぎたと後悔した。

弱い者苛《いじ》めを極力嫌い、自分が子供の頃に童女を苛めたことさえ思い悩むのが峡竜蔵であった。何をしでかしたことではない。

「これは長々と余計な話をしてしまいました。達之進の死は悼《いた》むべきことではございますが、武士たるもの命をかけて事に当たらねばならぬ身の上。それもまた達之進の本望であったと思わねばならぬことにございました。先生、忌服の後はひとつ初鰹をよろしくお願い致します……」

新吾はにこやかに竜蔵に頭を下げた。

——うむ、新殿は大人になった。

喜色満面で庄太夫は頷《うなず》いて、

「では先生、三日後を目安に〝ごんた〟とは話をつけましょう。常磐津の師匠へは先生からお伝え願えますかな。はッ、はッ、今年もやはり、大根《だいこ》おろしと溶きからしの両方で頂きましょうかな」

と、間髪《かんはつ》を容《い》れずに、明るい空気を道場に注ぎこんだ。

「うむ、紫蘇《しそ》の葉を刻んで添えるのも忘れねえように言っといてくんなよ」

初鰹の話に引き戻されて思わず竜蔵の顔が綻《ほころ》んだ。

「生姜《しょうが》を擂《す》って添えるというのもちょっとばかりようござんすよ」

食べる物の話になると半次も浮かれる。

「おう、そいつも旨《うま》そうだな」

「荒塩をふるだけってのも乙ですぜ」

「きな粉なんてどうだ」

「そいつはよしましょう」

「そうだな……」

新吾は大人達が再び初鰹に浮かれ始めたのを見て、ほっと胸をなでおろした。

その途端、今のその身の幸せに、熱いものがこみあげてきた。

思えば新吾も立身を望み、親の願いもあり、小普請《こぶしん》支配の馬鹿息子の取り巻きに成り果てたこともあった。

もう少しのところで思い止まり、峡竜蔵という硬骨の士に出会ったからよかったものの、今思えばまったく危うい身の上であった。

人の世の幸と不幸はどこでどう分かれていくのであろうか。

宮部達之進よりも我が身を滅ぼしそうな境遇にいた自分が、今心血を注いで打ち込める一事に身を置いていることは、ただただ目に見えぬ大の思《おぼ》し召しに感謝するしかない――。

神森新吾はそう思ったのである。

二

それから——。

〝初鰹の小宴〟はその三日後に、居酒屋〝ごんた〟にて無事に執り行われて、峡道場にはいつもの活気が戻った。

神森新吾はというと、友人の死の衝撃に心を痛めたものの、剣に没頭する若き勢いが屈託を追いやって、〝初鰹の小宴〟の後はいつもの元気を取り戻しつつあった。しかし、峡竜蔵の心の奥底に点《とも》された情熱の炎は依然消えてはいなかった。

常磐津の師匠・お才は、初鰹に今年も舌鼓《したつづみ》を打ちながらも、竜蔵の身中に燃える炎の存在を見破っていた。

それは恐らく〝文武堂〟への怒りだと竹中庄太夫から後でそっと聞かされて、

「それが竜さんのいいところだけど、誰彼なしに嚙みつくのもいい加減にした方が身の為だよ……」

と、庄太夫と二人、何かやらかさねばいいがと案じつつも、その炎の爆発をどこか楽しみにするような……、そんな日々が続いたのである。

果して、庄太夫とお才の予見通り、峡竜蔵は体内に蓄えたその炎を吐き出す場を求めていた。

そしてその場は程無く見つかることになる。

大目付・佐原信濃守の屋敷への出稽古の帰り――竜蔵は、信濃守の側用人《そばようにん》で、今では肝胆相照《かんたんあいて》らす知己《ちき》の一人となった眞壁清十郎《まかべせいじゅうろう》を誘って、赤坂田町《たまち》に近頃店を開いた〝大光庵《だいこうあん》〟というそば屋へと立ち寄った。

ここの天ぷらがやたらとうまいと、食通の網結の半次から聞いていて、一度入ってみたかったのである。

もちろん、本当の目的はそばでも天ぷらでもない。

例の一件について話したかったからである。

先日聞いた新吾の話によると、〝文武堂〟の背後には高家を務める、大原備後守周《ちか》茂《しげ》がついているとのことであった。

これがどうも胡散臭《うさんくさ》い。

大目付の職責には、〝高家の監視〟が含まれている。

その側用人である清十郎ならば詳しいのではないかと思ったのだ。

とりあえず酒を頼み、穴子、海老《えび》、さざえなどを揚げてもらい、これに醬油《しょうゆ》を少し落としてかぶりついた。

「うん、こいつはいける」

竜蔵は舌鼓をうった。ごま油の香りが何とも食欲をそそる。

「親分の言う通りだ。やたらとうまい」

「親分?」

清十郎は、峡道場に目明かしが一人門弟に加わったと聞いて、おかしそうに腹を揺すった。

「竜殿の周りにはおもしろい男が集まる。いや、愉快だ……」

清十郎はというと、天ぷらよりもかまぼこに箸《はし》が行く。

「清さんは、かまぼこが好きなんだな」

「ああ、それ故《ゆえ》、そば屋で一杯やるのはありがたい。ましてや、峡先生と一緒となれば御家の掛りで頂ける。はッ、はッ、これはさもしいな……」

ほんのりと清十郎の顔に赤味がさしてきた。

「そいつはよかった。おれは天ぷら、清さんはかまぼこ。これからは時折ここで一杯やろうじゃないか」

竜蔵の調子も上がってきた。

「また何かに腹を立てているのかな……」

そろそろ話を持ち出そうと思った時——清十郎の方から尋ねてくれた。

「わかるかい？」

竜蔵は清十郎にもったいをつけない。

「ああ、竜殿が怒りを体に宿している時は、曰《いわ》く言い難いが、目の光が違っているような……。何やら恐ろしい」

「気取《けど》られるようじゃあ、おれもまだまだ修行が足りねえな……。うん、そうだ。おれは怒っているんだよ」

竜蔵は、新吾の友人・宮部達之進の死と、〝文武堂〟への憤《いきどお》りを清十郎にぶつけた。

竜蔵のような、気儘《きまま》にあれこれ怒ることができる自由な身の上とは違い、何かと煩《はん》雑《ざつ》な仕事をこなしつつ暮らす宮仕えの清十郎は、こんな時に感情を表に出すことはない。

竜蔵の怒気を含んだ言葉のひとつひとつをさらりと受け流し、最後に的確な意見を言うことが常である。

しかし、今日の清十郎はいつもと違い、竜蔵が怒れば自らも眉《まゆ》をひそめ、竜蔵が嘆けば溜息をついた。

そして話を聞き終わると、門弟の友人とはいえ、一度しか会ったことのない若者の

ことでいつまでも憤っている竜蔵に苦笑しながらも、

「うむ、まったく頭に来る話だな……」

と強い口調で言った。

竜蔵は嬉《うれ》しくなって、

「清さんもそう思うかい。うむ、まったくやりきれねえ話なんだ。先行きのある若い者を高《たけ》え金を払わせて預かっておきながら、手前の機嫌で折檻《せっかん》を加えた挙げ句殺しやがって、それを武道不心得で済ましやがる。塾長の笠原って野郎は、偉《えれ》え御旗本の威を借りて、のうのうとしてやがる。こんな外道《げどう》が若い奴らに物を教えるだとは聞いて呆《あき》れるぜ」

心強い賛同者を得て、竜蔵の意気はますます揚がった。

「まあ、考えてみりゃあ、そんな所に金を積んで倅《せがれ》を預ける親達がどうかしているんだが……」

「そうだ。親というものは馬鹿だな。馬鹿を見たくば親を見ろ、だ」

清十郎はふっと笑って、かまぼこを一切れ口に入れると、盃の酒を飲み干した。

竜蔵の目に、それは苦い酒に見えた。

「だが、親は哀れだ……。馬鹿になるのも子を想えばこそのことだ。竜殿、そうではないか」

「ああ、それは清さんの言う通りだな……」

清十郎の表情はにこやかではあるが、何とも哀愁が漂っていて、それが無言のうちに竜蔵の胸に沁《し》みてきた。

清十郎のこんな風情に触れるのは初めてであった。

「某《それがし》の母もまた、馬鹿であった……」

「おいおい、何を言うんだよう」

竜蔵は清十郎のこの言葉にたじろいだ。

「馬鹿な母親から、清さんみてえな立派な息子が生まれるわけがあるまい」

「いや、馬鹿であったのだ。この清十郎のことになるとな……。その馬鹿さ加減が本当にありがたかったと今つくづくと思えてならぬのだ……」

「そうか、そんなに清さんが言うなら、どんな風に馬鹿だったか、まず聞こうじゃないか」

竜蔵は、今度の一件と清十郎の間には何か繋《つな》がりがあるように思えてきた。

「その〝文武堂〟に十五年前、母は某を入れようとしたのだ」

「何と……、清さんは〝文武堂〟に通っていたのかい……？」

「いや、通ってはいない。だが、一生忘れられぬ思い出があるんだよ……」


眞壁清十郎は浪人の子として生まれた。

父・十郎《じゅうろう》は、郡上八幡《ぐじょうはちまん》で三万八千七百石を領する金森《かなもり》家に仕えていたが、主家が領内騒擾《そうじょう》の不手際から改易《かいえき》となり、江戸へ出てかつての同輩の妹・菊枝《きくえ》を妻に迎えた。

それからは、若き日に修めた無外《むがい》流剣術の腕をもって仕官の口を求めたが志果たせず、清十郎がまだ幼ない折に病歿《びょうぼつ》した。

それからというもの、菊枝は針仕事から手習い師匠、笠縫いに至るまで、出来る仕事はすべてこなし、とにかく十郎の無念を清十郎によって晴らしてもらおうと、息子の教育に心血を注いだ。

十郎は剣技だけでは仕官の道は拓《ひら》けなかった。それならば清十郎には学問の方もしっかりと修めさせねばなるまい――。

そう思い立った菊枝は方々で噂《うわさ》を集め、今江戸で評判を呼んでいる〝文武堂〟なる私塾があることを知った。

塾長の笠原監物は名だたる儒学者で、小野派一刀流の剣客としても相当のものだという。

しかも柳営《りゅうえい》に多くの人脈を築く、高家・大原備後守所縁《ゆかり》の者だとも囁《ささ》やかれていて、笠原の口利きで役付きとなることが叶った、旗本・御家人の子弟も数多《あまた》いることが分かった。

菊枝は俄然《がぜん》張り切った。

何としてでも息子をこの塾に入れようと運動し始めたのだ。

その甲斐《かい》あって、口を利いてくれる人が現れた。

「しかし、束脩の金子が十五年前で、十両入用であった……」

「今は三十両だと言うが、それはまた法外だな」

清十郎は竜蔵に教えられ、顔を紅潮させた。

「そうか、今は三十両となったか……」

とても浪人風情に用意できるものではなかったが、それでも菊枝は血のにじむような努力の末八両の金を貯めていた。

方々に頭を下げ、金を掻《か》き集め、入れられる物は片っ端から質に入れ、高利の金にまで手を付けて、残る二両を用意しようとした。

「私はそんなことまでして、行きたくはありませんと何度も母に言ったのだが……」

清十郎がそれまで通っていた学問所の師が、清十郎の優秀を人を通じて〝文武堂〟

に伝えてくれたことで、とうとう入塾が叶ったとの報《しら》せを受けたのだ。

菊枝は狂喜した。

普段は物静かで控えめの母が、この時ばかりは方々で息子自慢をしたらしく、会う人毎《ごと》に清十郎は祝いの言葉をかけられた。

この時、清十郎はまだ十五にもならぬ。

自分は大変なことをやり遂げたのだと気持ちが踊った。

「喜んでくれた母の顔が、げっそりと痩《や》せていたのは哀しかったが、ここで学び、必ずおれは立身を遂げてやる。そうして、何の楽しみも、女の幸せも無く生きてきた母親に楽な暮らしをさせてやるのだと心に誓った……」

いかにも眞壁清十郎らしく、ここまでは理路整然たる話し口調であったが、母のことを思い出すにつけ、その言葉に力が籠《こも》り始めた。

「そりゃあそうだ。男なら誰でもそう思う。宮部達之進が、神森新吾の言葉に耳を貸さなかったのも仕方がないことだな……」

竜蔵はすっかり清十郎の話に引きこまれていて、こちらも竜蔵らしく感情が激してきた。

「それでも清さんが、〝文武堂〟に入らなかったのはどういうわけなんだ」

「馬鹿な話だ……」

清十郎は少し気を鎮めるように、また一切れかまぼこを箸でつまみ口に入れると、竜蔵が注《つ》いだ酒を飲み干した。

晴れて入塾の日。

清十郎は母・菊枝に付き添われ、向島《むこうじま》淵崎村にある〝文武堂〟へ向かった。

当時は浅草田原町《たわらまち》に住んでいた清十郎と菊枝は大川橋を渡り本所へ出て、そこからすぐの源兵衛橋を渡って向島へ。

二月であった。墨堤《ぼくてい》の桜並木はまだ蕾《つぼみ》が固いが、三囲稲荷《みめぐりいなり》、牛ノ御前《ごぜん》へと続く道の景色は美しく、母と子の胸の内を大いに弾ませた。

淵崎村は牛ノ御前の東隣にある、弘福寺をさらに東へ行った所だ。

菊枝の着物は質にある故粗末だが、清十郎はこの日のために菊枝が縫った薩摩《さつま》絣《がすり》に真新しい綿袴《めんばかま》を着した颯爽《さっそう》たる若武者ぶり。

我が子の勇姿に菊枝は何度も目を細めた。

この日の弁当には、清十郎の好物のかまぼこもふんだんに入れてやった。

「母のあの時の嬉しそうな顔は今でもこの目に焼き付いている……」

菊枝と清十郎は、〝文武堂〟へと入り、笠原監物を訪ねた。

ところがである――。

出入り脇の小部屋へ通された母子が挨拶《あいさつ》をし、菊枝がやっとのことで用意した十両の束脩を差し出すと、笠原はそれを改めて、

「これは何か思い違いがござったようじゃな」

と、すぐに押し返した。

「思い違いとは……」

うろたえる菊枝を嘲笑うように、

「当〝文武堂〟入塾の折にお願い致しております束脩は二十両でござる……」

「二十両……。私は十両と確かにお聞き致しましたが……」

「そのような時もござったが、今は二十両となっておりましてな」

「お待ち下さい。後十両など私共にはとても……」

「それならば残念ながら、この度は御縁がなかったことと……。金のために学問所を開いているわけではござらぬが、最良の講師を集め世に出てもらうためには、それなりに金も入り用になりまする。それに、十両で入塾を認めれば二十両を持参した所から不満が出ます故にな」

「お願いします！　そこを何とかお願いします！　必ず足りない分は、後日持参致し

ますので……」

縋《すが》る菊枝を貧しい浪人の妻女と侮《あなど》ったか、

「無理はなさらぬことじゃ。御様子を見るに、入って頂いたところで、あれこれまた御苦労をおかけすることになりましょう。どうぞお引き取りを……」

笠原は突き放すように言って立ち上がった。

「笠原先生……」

「ここだけが学問所でもござるまい。私はこれから講義がありますのでこれにて御免……」

「お待ち下さい……。お願いでございます……」

菊枝はにべもなく席を立つ笠原を、追おうとしたが、書生達に止められ、清十郎と二人、追い立てられるようにして塾を出た。

それから母子はただ無言で、隅田川の川辺を歩いた。

桃、桜、柳が植えられた堤は、隅田川の景観と相俟《あいま》って、幽艶《ゆうえん》にして野趣に富んでいた。そして、この美しい風景が菊枝と清十郎の悲しくてやり切れぬ想いを一層深いものにした。

「清十郎、許しておくれ。私が先走り過ぎたがために、あなたに、情無い想いをさせてしまいました……」

やっと開いた口から出るのはやつれた母が息子へ詫《わ》びる言葉ばかり。

まだ大人にならぬ清十郎は、何と言えばよいのかわからずに言葉を探した。

粗末な着物を着て、食べる物も食べず、寝る間を惜しんで自分のために尽くしてくれた母を労り慰める言葉はいくつも浮かんだものの、それを言えば、ますます母を悲しませるのではないか――そんな気がしたのである。

ふと、弁当を持参していることを思い出した。母が奮発して好物のかまぼこをふんだんに入れてくれたという弁当のことを――。

「母上、好《よ》い景色です。どうでしょう、一緒に弁当を食べませんか……」

清十郎はにこやかに母を見た。

「どうせ母上のことです。食べきれぬくらいに作って下さったのでしょう。今日はもう体を使うこともないでしょうから、母上と分け合ったとて腹も減らぬでしょう」

菊枝は目に涙をいっぱいためて、

「そうですか……。それでは少しだけ御相伴しましょうかねえ……」

何度も頷いて立派に成長した息子を惚《ほ》れ惚《ぼ》れとした目で見返した。

〝文武堂〟などに行かずとも、この息子ならば必ず己が力で道を切り拓いてくれるはずだ……。母の目にはその想いが籠っている。

「私は本当に馬鹿ですねえ……」

泣き笑いの菊枝と墨堤の一隅に並んで座り、清十郎は弁当を広げた。

隅田川の流れを眺めながら食べたかまぼこの味――つるりとして冷たい食感が切なかったが、口いっぱいに広がる濃厚な味わいが、たちまち少年の清十郎を幸せな気分にさせてくれた。

「母上……、今日のかまぼこの味は忘れません。母上のわたしへの想いは決して無駄には致しません。清十郎は立派な侍になってみせます……」

涙と共に噛みしめて誓った言葉に嘘《うそ》はなかった。

束脩の金などなくとも、文も武も学べる所はいくらでもある。大事なことは学ぶ者の気構えと工夫だ。勤勉など言うまでもない。

眞壁清十郎の今はこうしてここにある。

惜しむらくは、佐原家側用人となった姿を菊枝に見せてやりたかったが……。

「それ故、某は〝文武堂〟には入らなんだ……」

清十郎はふっと笑って再び呟《つぶや》くように言った。

「馬鹿な話だ……」

話を聞いて竜蔵の怒りの炎は一気に噴き出した。

「何が最良の講師だ。世に出るためには金がいる、だ……。塾長が束脩の金勘定をするたあ、意地汚ねえにもほどがあるぜ」

「どうも聞いたところでは、某の入塾が決まった後に、金を積んで入塾を願い出た者がいたらしい」

「大方そんなところだろうよ。なあ清さん、世の中にあんな腐った学問所をのさばらせていいのかい。〝文武堂〟みてえな所がちゃやほやされるから、親も子も道を踏み外すんじゃねえか」

「それは竜殿の言う通りだ。宮部達之進殿の話を聞いて某も頭に来た。法外な金を払って息子を殺された母御のことを想うと、真に居た堪《たま》れぬ……」

「笠原監物が、高家を務める大原家と繋がっているとなりゃあ、これは大目付様のお出ましじゃあねえのか。清さんの母上と、新吾の友達の敵《かたき》を討ってやろうじゃねえか。おれが助っ人するぜ」

「竜殿が……」

「助っ人させてくれよ……」

「おいおい高家を巻き込む話となれば、いくら笠原が憎くとも一筋縄ではいかぬぞ」

「かといって、このまま引っ込んでいれば男がすたるぜ」

「う〜む……」

いかなる私怨《しえん》があったとて、公私の程をわきまえるのが宮仕えの心得——。どんな時でもそれを忘れぬ眞壁清十郎であったが、この日のかまぼこの味に峡竜蔵の侠気《きょうき》——まだあの頃は年若で、恨みの言葉のひとつ笠原監物に放《はな》ってやれなんだ口惜《くや》しさが蘇《よみがえ》り、沸々と怒りとなって湧きあがるのを禁じえなかった。

三

三日後の夕暮れであった。

向島・竹屋ノ渡に程近い墨堤の桜並木の木蔭から、学問所帰りと思われる若者が数人、姿を現した。

いずれも富裕な医師や学者の子弟のようで、今評判の〝文武堂〟に通う者達である。

どういうわけか、そこに神森新吾の姿が混じっていた。

「皆、すまなかったな。友達のこと故、どうしても知りたかったのだ。なに、おぬし達に迷惑はかけぬよ……」

新吾は師の峡竜蔵の真似《まね》をしているつもりなのか、片手拝みで塾生達と別れた。

塾生達は新吾から逃げるように渡し場へと小走りで去った。

「ふん、何が〝文武堂〟だ。骨のない奴らばかりだ……」

まだ二十歳にもならぬ新吾だが、去り行く連中と比べると少しは貫禄《かんろく》が出てきたというものだ。

「新吾さん、何か摑《つか》めやしたかい……」

堤の北側からやって来た網結の半次が声をかけた。

懐には十手《じって》を忍ばせているが見た目は町家の旦那風である。

十手術を体得しただけに止まらず、今は剣術にまで精を出す、腕利きの目明かしとは誰が知ろう。

「ええ、色々とわかって頭に来ているところですよ」

「そうですかい。そいつはお働きになりましたね」

「親分は……、いや、半次さんの方は……」

新吾は辺りを見回すと小声で問うた。

「へい、あっしの方も同じで……」

「さすがは親分……。いや、半次さん……」

「もう親分でいいですよ。誰も周りにはおりやせんから」

「そうですね……」

「まずは参りやしょう」

二人は墨堤を南へ、水戸徳川家の下屋敷の前を通り源兵衛橋を渡ると、本所出村町へと向かった。

そこで峡竜蔵と合流することになっている。

互いに竜蔵に話したいことがあり、二人の歩みは速かった。

その頃、峡竜蔵は――。

昼過ぎから出村町の祖父・中原大樹の家に居た。

大樹は家の一角を学問所にしている。

庭に面した二十畳ばかりの広間で、竜蔵の母であり大樹にとっては一人娘の志津を助手に、国学を教授しているのである。

今日の訪問は、大樹に〝文武堂〟の評判を聞くためであったが、それと共に祖父の講義の様子を見学してみたかった。

母・志津からは、子供の頃にあれこれ学問を教えられたものの、十になるとすっかり剣術に魅せられ、師である藤川弥司郎右衛門から剣術談義を聞く他はろくに学問の講義など受けたこともないまま今に至っている。

人を導かねばならぬ身となった上からは、こういう講義がいかなるものかを知り、祖父の偉大さに触れてもみたかった。

訪ねた時には既に講義は始まっていた。竜蔵は庭から大樹に目礼をして、階《きざはし》を上り、縁から広間の後ろにそっと座ろうとしたが、大樹の傍で助手を務める志津がこれを見《み》咎《とが》めて、

「どなたですか……。お名乗りなされませ」

口許《くちもと》に笑みを浮かべつつ、ツンとした声で言った。

学生達から笑いがこぼれた。

ここによく出入りしている屈強の武士が、中原大樹の孫、志津の息子であることは知れている。

見た目と違って、この男がほのぼのとした愛敬《あいきょう》を持ち合わせていることも――。

「ええ……、峡竜蔵と申します。もうそろそろ名を覚えて頂きたく存じまする……」

至って真面目《まじめ》に答える様子がおかしくて、学生達はどっと笑った。

「ああ、おかしかったかい?」

楽しそうに学生達に問いかけると、竜蔵はうやうやしく大樹に一礼した。

「ゆるりと聴いていきなさい」

大樹は満面に笑みを浮かべた。

国学者としては著名なる中原大樹も、孫のことがかわいくて堪らないのである。

それから竜蔵は、最後列に綾が用意してくれた文机《ふづくえ》を前にして熱心に大樹の講義を聴いた。今はこの学問所を手伝って暮らす綾が隣に居て教材などを見せてくれた。

竜蔵の口利きで、父である剣客・森原太兵衛と死別後、ここへ移り住んだ綾は、たちまち学生達の憧《あこが》れの的となり、その綾にあれこれ世話を焼いてもらっている竜蔵は随分と彼らに羨ましがられた。

しかし、その様子は、ちょっと粗暴で煩《わずら》わしい兄を、しっかり者の妹が面倒を見ているといった風情で頬笑ましい。

美しい綾を横にしてもまるで動じない竜蔵の人柄に反感を抱く者はいなかった。

「うむ……。なるほど……」

竜蔵は大樹の講義する姿勢に感心した。

今の講義を受ける学生は二十人ばかり――その一人一人に目が行き届いている。

誰がどのようなことに興味を持っているか、何が得手で何が不得手か、そのようなことが大樹の頭の中で整理されていて、得手を伸ばすことで不得手を克服させてやろうという意図が感じられる。

——だからおれの道場には門人が集まらねえんだなあ。

峡道場の門弟三人は、いずれも竜蔵の人柄を慕って入門した者ばかりである。もちろんそれが一番大事なことなのだが、竜蔵の人柄を知るには随分と骨が折れる。

やがて講義が終わり書院に処《ところ》を変えて、そのことを告げて感心する竜蔵に、

「しかし竜蔵、今からあまり教え上手になるではない。お前そのものの剣をまだ上達させねばならぬ折じゃ故にのう」

大樹はそう諭《さと》した。

「お前が強くなる姿を見れば、弟子も強くなろう。今はそれでよい」

弟子に教えるのが不得手なら、己が上達の確かさを得手とすればよいのだと大樹は言う。

「さすがはお爺《じい》様です！　うむ、目が開かれましたぞ。いやいやそれにしても、この様に立派な中原大樹先生の学問所に、今ひとつ弟子が集まらぬのは何故にございましょうな」

感じ入りながらも学問所の運営を心配する竜蔵に、

「大きなお世話です！」

早速志津の叱責がとぶ。

「今日はまた、どのような風の吹き回しです」

「それが、〝文武堂〟の噂をお聞き及びではないかと」

「〝文武堂〟？」

竜蔵は先日の眞壁清十郎に続いて、大樹、志津、綾の前で、文武堂の一件を物語った。

たちまち志津と綾は憤り、大樹は嘆息した。

「そうか、そのようなことがあったか。〝文武堂〟の噂はあれこれ聞いていた。厳しく学問を体に覚えこませるという教え方が評判になったというが、それが却《かえ》って裏目に出たということか……」

「お爺様から見て、〝文武堂〟はどのように映りますか」

「商売上手じゃな。泰平《たいへい》の世が続くと気の抜けた若い者が増える。そうすると世の風潮は厳しいこと、苦しいことに耐えてこそ……。という風になる。そこをうまく捉《とら》えたようじゃが、教えていることは何でもない」

「何でもございませんか」

「ああ、今の綾殿で立派に講師が務まるであろうな」

「わたくしがで、ございますか……」

綾は恥ずかしそうに目を丸くした。

「いかにも。いつであったか、一度人に誘われて講義を見に行ったことがあったが、ひどいものであった。つまりこういうことじゃ。同じ〝いろはにほへと〟という言葉でも、袈裟衣《けさごろも》を身に纏《まと》った徳の高い僧が、雅趣にあふれた園庭を眺めながら呟くようにこれを唱えたならばどうじゃ。随分とありがたくは聞こえぬか」

「仰《おお》せの通りにて……」

「笠原監物の講義とはそういうものじゃ。香具師《やし》の口上にはえも言われぬ愛敬があるが、あの御仁には知ったか振りという驕《おご》りしか見受けられぬ」

「父上は講義を見て何も申されなかったのですか」

志津が少し詰《なじ》るように言った。こういう理不尽に黙っていられないのはいかにも竜蔵の母らしい。

「はッ、はッ、やっとの思いで、何十両もの金を出して通うておる者達の手前、何も言わなんだ。鯉《こい》を釣ったと喜んでいる者に、それは鮒《ふな》ですよと、わざわざ言ってやることもあるまい」

「でも、鮒を鯉だと言って売っていたなら話は別です」

「はッ、はッ、竜蔵、お前の母は手厳しい」

「それも、仰せの通りにて」

「竜蔵、母をなぶると許しませぬぞ」

「志津、まあそう言うな。何も言わずが方便よ。笠原監物などいか程の男でもないが、この中原大樹も、大原備後守様に睨《にら》まれては、出戻り娘の面倒も見られなくなるわ……」

「出戻り娘……」

これには志津、一言《いちごん》も無い。

「やはりお爺様、〝文武堂〟には大原家が……」

「うむ、お前も聞き及んでいよう。噂では、大原様の先代が下女《おはした》に手を付けて生まれたのが笠原監物だそうな」

「では、当代の弟というわけで……」

「あくまで噂じゃ。先代の奥方は下女が懐妊したと知ってこれを屋敷から追い出した。先代はそっと養育し、跡を継いだ当代が、この弟に金儲《かねもう》けをさせている……」

「お爺様は大したものだ。今の話は大目付の側用人でさえ知りませなんだ」

「まあ、学者同士というものは、これで人のことが気になるものでな……」

大樹はニヤリと笑った。

つまり〝文武堂〟は、大原備後守による就職の口利きに理屈をつけようとするための出先機関であり、それ自体が集金場となっているのであろう。

「竜蔵、無茶は致すなよ……」

竜蔵の顔に浮かぶ怒気を見てとり、大樹は宥めるように言ったが、

「竜蔵、一暴れしてきておやりなさい」

志津は逆にこれを煽《あお》り、綾は少し困ったように円《つぶ》らな瞳をぱちくりとさせている。

ここには確かに、峡竜蔵の安らぎの場がある——。

「御免下さりませ……」

表に案内を請《こ》う律々《りり》しい声がした。

神森新吾と網結の半次が、竜蔵を迎えに来たようだ。

四

「また、金の無心か……」

「申し訳ありません……」

「当分の間、温和《おとな》しくしていろと言ったはずだ」

「はい。そうしているつもりですが、ずっと家に閉じこもってもおられませぬで」

「困った奴だ……」

「笠原先生ともあろう御方が、何を恐れておいでででございます。とるに足らぬ貧乏御家人の倅一人、何ということもございますまい」

「それはそうだが、油断は大敵だ」

「わかっております。それ故、某がこのように謹慎を致しているわけでございましょう」

「まあよい。あまり調子にのるではないぞ」

「畏《かしこ》まってござりまする」

剣崎藤兵衛《とうべえ》は、笠原監物が差し出した三両の金子を押し戴《いただ》くと、笠原の居間を出た。

笠原の住まいは〝文武堂〟と同じ敷地の別棟にある。

学問所を開いて二十年近くになるが、年々講堂も住まいも立派になった。

講師も儒学に二人、算学、蘭学に二人、武芸に三人を雇うまでになっていた。

今、三両を持って出ていった剣崎は武芸の師範代として、笠原の助手を務めている。

先日、宮部達之進が稽古中に落命した責めを負って、一ト月間の謹慎を笠原塾長から命じられているあの師範代である。

腕の程は大したこともない三十男だが、風貌《ふうぼう》が古武士然としていて誠実そうに見える。

その上に、あれこれ小回りの用などこなすので、師範代としての肩書きを与えてあるのだ。

町方の役人などとの付き合いもこなしている故に、宮部達之進の一件でも、すんなりと言い分が通り、事故と認められたと言える。

かつて笠原が通っていた小野派一刀流の道場主の息子で、自分の代になってから道場を潰《つぶ》してしまって、くすぶっているところを拾われた経歴を見るに、風貌とは正反対の、調子がよく薄っぺらな男と思える。

「三両ぽっちとはまったくけちな男だぜ……」

三両をもらえるだけでもありがたく思わねばならぬような男なのだが、剣崎にもあれこれ言い分はある。

数十両もの金を学生から巻きあげておいて、自分達師範代や講師には出し惜しみする笠原の吝嗇《りんしょく》には真に腹が立つ。

それでもこの先は、貸しができたと内心ほくそ笑んでいるのである。

目下、気楽な謹慎中である。

淵崎村から程近い小梅村の百姓家を借り受けた住まいに戻るかと思えばそうではな

い。

これからこの三両を懐に、本所回向院《えこういん》前へ繰り出すのである。

回向院は江戸で一番と言われる出開帳場《でがいちょうば》で、その門前は岡場所《おかばしょ》が栄え、金猫《きんねこ》、銀猫と呼ばれる遊女達が人気を呼んでいた。

剣崎はその中の、おまさという女にいれあげている。

さほど器量がよいわけではないのだが、抜けるように色の白い肌は抱くと吸いつくように息づいて男を蕩《とろ》けさせる。すっかりと夢中になってしまったのだ。

編笠《あみがさ》に顔を隠した剣崎が、いそいそと遊女屋に入っていく姿を確かめて、

「ふん、いい気なもんだぜ……」

と嘲笑う男の姿が店の表にあった。

網結の半次である。

「野郎は今確かに入りやした……」

半次はすぐに、遊女屋の向かいにあるそば屋へ入って、二階の小座敷でチビリチビリと神森新吾相手に酒を飲んでいる峡竜蔵に告げた。

「そうかい。親分御苦労だったな。まあ一杯やってくれ。おれは新吾とちょいと行ってくらあ」

ふっと笑って竜蔵は新吾を伴い小座敷を出た。

このところ竜蔵、新吾、半次は、道場の留守を守る竹中庄太夫を中継に、あれこれ探り事をしていた。

もちろん、〝文武堂〟での宮部達之進の死因と、そこで何があったかということの探りである。

この日の三日前に、出村町に祖父・中原大樹を訪ねたのも、そこへ新吾と半次が迎えに来たのも、あれこれ調べた報告をしつつ道場へ戻り策を立てるためであった。

祖父・中原大樹は無茶をするなと言ったし、竹中庄太夫も相手が相手だけに心配をしたが、〝剣俠〟を信条に、その想いを真っ当するために剣を振るうことこそが、泰平の世における剣客の生きる道である――。

未《いま》だ未熟者ながら、その一念だけは貫き通す峡竜蔵であった。

たかが貧乏御家人の伜の死を取りあげるのは面倒だと世間が背を向けるなら、おれがどこまでも喰らいついてやる……。

その入口がこの剣崎藤兵衛であるのだ。

笠原監物は、達之進が不慮の死を遂げた日は所用に出ていて、その場にはいなかったと役人には語った。

しかし、あの日――。

「私が受ける講義には決って笠原先生は御姿をお見せになられませんが、この塾は謝礼の多寡《たか》によって扱いが変わるものなのでございましょうか……」

達之進は廊下で笠原に直訴《じきそ》し、

「私にそれほど教えを請いたくば、帰りに道場へ来い。ただ一人教授してやろう……」

笠原はそう答えたという。

達之進は〝文武堂〟の中で、このところ一人だけ講義から外され、道場で素振りをさせられたり、あからさまに虐《しいた》げられていた。

それを聞き出したのは師の〝文武堂〟への怒りに応えた神森新吾であった。

先日墨堤で、〝文武堂〟の塾生達を待ち伏せて、達之進から名を聞き及んでいた塾生を、桜の木蔭に呼んで問い質したのだ。

既に半次が近在の百姓達から、達之進が死んだと思われる時分に笠原が学問所を出る姿を見たと聞き出していたのである。

自らが道場へ来いと言ったのだし、所用があってその日は出かけていたという理屈は合わない。笠原は自らの罪を師範代の剣崎に押しつけたのではなかったか――。

「それにしても新吾、よく聞き出したな。どうせ笠原は塾生達に余計なことを喋《しゃべ》らぬよう口止めをしていたであろうに……」

実際、新吾があの日の達之進の様子を聞かせてくれと頼んでも、塾生達は口を噤んで答えようとはしなかったが、

「お前らには面倒をかけぬ故教えろ。教えねば痛い目に合わすぞと脅してやりました。それでもしぶるので、二、三発くらわせてやりましたら気持ちよく……」

「何が気持ちよくだ。無理矢理に喋らせたんだろう。まったくお前も無茶をしやがる」

「きっと先生ならそうされたであろうと……」

「おれの真似をしたというのか。はッ、はッ、吐かしやがるぜ。だがよくやった。嬉しいぜ」

新吾の報せを受けた時、竜蔵は満足そうに何度も頷いたものだ。

さらに網結の半次の聞き込みはさすがに要領を得ていて、中でも剣崎藤兵衛の動きは興味深いものであった。

剣崎が役人に語ったところによると――笠原に宮部達之進の稽古を任《や》されたが、その稽古中に達之進が頭を打ち倒れた。それによって稽古を取り止め、安静にさせて様

子を見た。しかしその後容体が急変して、医者を呼ぶ間もなく達之進は残念ながら死んでしまった。

それ故、これはまったく不慮の事故だと言うのである。

だがそもそも、その日剣崎は非番で塾の武芸場にはいなかった。

入れあげているおまさの許《もと》へと通っていたのである。

これは半次が懇意にしている、本所界隈を縄張りにする目明かし柳島《やなぎしま》の伝八《でんぱち》に話を通し、遊女屋の遣《や》り手から聞き出した事実である。

実は剣崎藤兵衛――遊女屋からもおまさ本人からも嫌われていた。

「おまさ、お前をもう他《よそ》の男になぶられたくはない……」

などと言って、大した金も落とさぬくせに情夫《まぶ》を気取って、他の客に乱暴を働いたりして真に性質《たち》が悪いのだ。

店としてもおまさは売れっ子だけに稼ぎに関わるようになってきて頭を痛めていたのである。

「そいつは困った客だな」

「はい、それはもう親分、来る度に誓紙に血判をついて、おまささんに渡すんですよ。気味が悪いったらありゃしませんよ」

「来る度に誓紙を？　あんなものは女から貰《もら》うもんだろう……。よし、そいつをおまさに頼んでおれに見せてくれねえか」

「それは構いませんが……」

「おれがきっちり話をつけてやるよ」

「ありがたいことですが親分、剣崎ってお人は、大層な所で剣術を教えているといいますから、ちょいとばかし面倒ですよ」

「まあ任せておきな。こっちにもとてつもなく強《つえ》え旦那がいるから、悪いようにはしねえよ……」

こうして半次の手に渡った、剣崎からおまさへ宛《あ》てた誓紙を調べると——果して、達之進が死んだ日と同じ日付の一枚が出て来たのである。

「これ程の証拠はねえぜ……」

竜蔵は小躍りした。

そして今、半次からの報せを受けた竜蔵は新吾を伴い、そば屋を出て遊女屋へと向かっている。

この先は遊女屋の用心棒をしてやるのだ。

竜蔵は江戸でも指折りの剣術道場である藤川弥司郎右衛門の内弟子であった剣客で

ある。

江戸の剣術道場のことは詳しいし、情報を集める術《すべ》はいくらでもある。

息子の代になって道場を潰した剣崎道場のことは知らなかったが、一昨日、亡師・弥司郎右衛門の兄弟子の息・長沼正兵衛の道場へ自らの稽古をつけてもらいに行った折、ここで師範代を務める二十歳年長の剣友・桑野益五郎《くわのますごろう》が、

「おうおう、剣崎藤兵衛か。知っておりますぞ。何度かお父上には稽古をつけてもらったが、息子の方はいかぬ。あれはいかぬ……。乱暴者で、それでいて力のある者には媚《こ》びる。それでも剣の腕が拙《まず》くては道場はやっていけず、あ奴の代となってたたんでしまったのだが……。そうか、あ奴が〝文武堂〟の師範代にのう。世の中はどうかしている」

桑野は嘆息した。

それはそうであろう、人品剣技ともに優れていながら、つきと運に見放され五十を目前にして、未だ自分の道場も持たれぬ桑野益五郎であるのだ。

「この峡竜蔵が身の程を教えてやろうと思いましてな」

桑野にはそう言って今日を迎えた。

剣が遣えぬとも懸命に打ち込んでいる者は、決して馬鹿にはしないが、剣客を気取

り女に誓紙を書くことに現《うつつ》を抜かしているような奴は許し難い。

遊女屋を覗《のぞ》くと、長暖簾《ながのれん》の向こうに出入りの土間で店の男衆相手に怒鳴り散らしている剣崎藤兵衛の姿があった。

「おまさには先約が入っているだと……？　おのれ、このおれによくもそんな口が利けるな。先約などは追い返せ！　すぐにおまさの所へ連れて行け！」

いつもは仕方なく剣崎の言われるがままにしていた店であったが、今日は御用聞きの親分が用心棒をさし向けてくれるとのこと。強気に出て断ったのだ。

「これは〝文武堂〟の剣崎先生じゃあねえですかい」

竜蔵は暖簾越しに声をかけた。

剣崎の肩がぴくりと動いた。

遊女屋の軒先で叫んでいる自分が〝文武堂〟の先生であることを知っている男がいる——。

気持ちのいいものではない。

「何だおぬしは……」

少し落ち着いて土間へと入って来た竜蔵を見た。

「おれは三田に直心影流の道場を構える峡竜蔵というものだ。先生にちょっと聞きてえことがあるのだが」

「ぶ、無礼な。いきなり何を申すか……」

捻《ひね》り潰してやろうと思ったが、剣崎は力ある者に媚びる習性がある。ということは、相手の強さを瞬時に見分ける力には長《た》けている。

今、目の前に俄に現れた剣客が相当遣うことは物腰で知れた。それだけに物言いが少し弱気になった。

「お前さんの塾で先般命を落とした宮部達之進というのが居たであろう」

「宮部達之進……」

「表に若いのが一人居よう。これはおれの門人でな。宮部達之進の縁ある者だ。ちょいと話を聞きてえんで顔を貸しておくれな」

竜蔵は声に凄《すご》みを利かせた。

「馬鹿な。おぬしらに付き合わねばならぬ謂《いわ》れはない」

宮部達之進の名が出て、剣崎は動揺した。

自分は武芸の稽古中、誤って達之進を死なせてしまったことになっているのだ。それ故、今は謹慎中の身なのだ。

「それなら腕ずくで顔を貸してもらうとするか」

「何だと……」

「ああ、それともうひとつ言っておくが、お前さんは色男を気取っているのかもしれぬが、おまさの方はただただ迷惑をしているようだ。ここは男らしく思い切ってやることだな」

「おのれ、言わせておけばぬけぬけと！」

女のことで揶揄《やゆ》されて、剣崎の体内の乱暴の血が湧きあがり、思わずその右手が刀の柄《つか》にかかった。

しかしその刹那《せつな》、ぐっと剣崎の方へとにじり寄った竜蔵の右手が、その柄頭《つかがしら》を押さえていた。

「馬鹿野郎！　こんな所で長《なげ》え物を振り回そうってのかい。この店には死ぬまで近付くんじゃねえや！」

言うや竜蔵、剣崎に蹴《け》りを喰わせた。

剣崎の体は店の外にいる神森新吾の前へと飛んできた。

「この野郎！　顔を貸しやがれ、差しで勝負をしてやろうじゃねえか！」

と、倒れたところを踏みつけて剣崎を見下ろす鬼神のような峡竜蔵を見つめて、

——まったく、この御方ほど無茶な男はいない。

呆れる新吾の目の奥には、どうだ、この御方がおれの御師匠様なのだと、誇らしい想いに輝く光が宿っていた。

「テッペンカケタカ……」

頭上で喧嘩《けんか》を煽るかのように、時鳥《ほととぎす》がけたたましく鳴いた。

五

その翌日のことである。

〝文武堂〟に来客があった。

当塾には優秀な人材が育成されていると聞き、この後将軍家への御役推挙などの参考にしたいと思っている。ついては我が名代《みょうだい》として家来を遣わす故に、講義など検分をさせてもらいたいと、大目付・佐原信濃守からの要請があったのだ。

佐原信濃守といえば、将軍家からの信厚く、幕閣でも一目《いちもく》置かれる存在である。

塾長・笠原監物としては大変喜ばしいことであるのだが、〝文武堂〟の後ろ盾である大原備後守は、内心密《ひそ》かに信濃守を恐れていた。

備後守は、人脈、金脈を巧みに構築し、高家という勅使公家衆《ちょくしくげ》の接待を司る名誉職に物を言わせ、柳営にひとつの地位を確保せんとしていた。

しかしどうも備後守の目から見て、佐原信濃守の〝乗り〟が悪いのだ。

硬骨の士で、若い頃は市井《しせい》で暴れていたと聞く信濃守は、策を弄《ろう》したり、長い物に巻かれて群れたりすることを毛嫌いしているむきがあり、表向きは何事もないかのように平然としているが、実のところ自分を嫌っているのではないか――そのことが備後守には引っかかるのである。

そのことを笠原は時折備後守から聞かされていたので、検分の要請が来た時は、喜ばしい以上に戸惑った。

これを備後守が何と見るかであった。

中原大樹が耳にしていた〝噂〟は本当であった。

大原備後守は笠原監物の異母兄であった。

嫉妬《しっと》深く気性の厳しい母の目を掠《かす》め、亡父に替わって異母弟の面倒を見てくれた上に、この〝文武堂〟を、その人脈と金を注ぎ込み名代《なだい》の私塾に押し上げてくれたのは、兄・備後守であった。

笠原にとって備後守の存在は何よりのものなのだ。

当然の如く、ここで生まれる礼金などによる大金は、その殆《ほとん》どが大原備後守の懐に流れ込んでいくわけだが、旗本・御家人の子弟を虫けらの如く扱うことができる上に、豊かな暮らしを送られるのも備後守あってのこと。

まず、兄の機嫌を取り結ぶことが大事であった。

すぐに信濃守からの要請を大原家に問い合わせたところ、備後守は、

「大目付は高家の監視役でもある。断って信濃守の旋毛《つむじ》を曲げることになってもいかぬ。遺漏《いろう》なきように心得よ」

と、笠原に命じたのだ。

そして今日、佐原信濃守より遣わされた名代の侍を笠原は丁重に迎えたのである。

「主より検分　仕《つかまつ》るよう申し渡されました、眞壁清十郎にござりまする……」

信濃守の名代としてやってきたのは案に違《たが》わず清十郎であった。

清十郎の折目正しい挨拶を受け、

「初めて御意《ぎょい》を得まする。〝文武堂〟にて塾長を務めております る、笠原監物にござりまする……」

と、威儀を正した。

十五年振りの対面であったが、笠原はすっかりと眞壁清十郎のことを忘れてしまっているようだ。

——何が初めてだ。こちらは忘れもせぬぞ。

あの時と比べると髪に白い物が混じってはいるが、深い皺《しわ》が幾筋も刻まれた細面《ほそおもて》の顔は頬骨が立ち鼻と顎《あご》が尖《とが》っていて、

——十五年前よりも、もっと狡猾《こうかつ》そうだ。

その言葉を呑みこんで、

「先生の塾の講義は厳粛にして、武芸も怠らず心身共に研磨なされるとお聞き致しております。主・信濃守も真に感じ入り、先生に合力《ごうりき》をなされまする大原備後守様の御見識の高さにただただ恐れ入ったと……」

と、賛辞の言葉をまず贈った。

挙作動作が涼やかで律々しくて、いかにも生真面目《きまじめ》そうな清十郎の様子に、

「これは痛み入りまする……」

と、恐縮の体《てい》を装いながら、佐原信濃守は純粋にこの塾の有り方に心を打たれて検分役を遣わしたのではないかと笠原は思った。

そして、清十郎が見学をする中、〝文武堂〟の講義が行われた。

大目付を務める佐原家から検分の士が来ていると聞かされ、塾生達は受講に気合を入れた。

清十郎はいちいちにこやかに頷いて見学している。

笠原監物は、この場にあの宮部達之進が居なくてよかったと胸をなでおろしていた。——あ奴がいれば、眞壁殿の前で何を言い出していたことや知れぬ。死んで幸いじゃ。

〝塾生百人〟に一人空きが出たので、成績優秀の評判が高かった達之進を入れてやったが、確かに出来はよかったが、節季の礼金も形だけで何かと反抗的であった。

そんな時——どうしても孫を入塾させてやってくれと富裕な金貸しからの話が来た。

金貸しで得た金で御家人株を買い、息子を武士にして、その子を御役付きにしようと目論《もくろ》んでいるようで、金に糸目はつけぬと言う。

百人の定員を破ってもよいかとも思ったが、

「百人と決められているから、入りたいという気持ちを煽るのじゃ」

と、大原備後守は言った。

それならば誰かを辞めさせるしかない。だが、己の意志で辞めさせねば塾が見捨てたことになる。

目をつけたのが生意気な宮部達之進であった。とにかく他の講師達に命じて、達之進を無能呼ばわりして体罰を与えた。

そしてあの日——なかなか辞めそうにないことに業《ごう》を煮やし、笠原は終業後、達之進を一人呼び出して道場で武芸の師範代二人と共に、徹底的に打ち据えた。

ふらふらになったところを、

「お前のような奴は辞めてしまえ！」

と打ち込んだところ、達之進は仰向けに倒れ頭を打ち昏倒《こんとう》した。

「口ほどにもない奴だ……」

そのうち気がつくだろうと放置しておいたら、いつの間にか死んでいた。

幸い非番でどこかへ遊びに出かけていた剣崎藤兵衛が、金の無心にぶらりと道場に現れた。

これを幸いと、金を与え剣崎に対応をさせ、自分はその一件から逃げた。

厄介なことであったが、あれでよかったのだ。

——だいたい貧乏人は身の程を知るべきである。

あんな小僧一人のために、二十年もの間大きくしてきたこの塾に傷をつけられて堪るものか。あれは不慮の事故であったのだ。

笠原はそう自分に言い聞かせた。

儒学講義が終わると、武芸の稽古となった。

眞壁清十郎から、検分にあたって、よき所でお邪魔にならぬよう失礼する故、まず儒学講義と武芸稽古を見せてもらいたいとの願いがあったからである。

笠原にとっては望むところであった。

世間では儒学者として通っている笠原監物であるが、中原大樹が評したように、〝いろはにほへと〟をもったいつけて言うようなもので、どちらかといえば剣術の方が筋がよかった。

早速、武芸場に塾生達は集まった。

いつもならば数組に分けてする稽古ではあるが、今日は大目付の名代が検分に来ているとのことで、五十坪ばかりの武芸場には、入り切れないばかりに塾生が詰めかけた。

武芸教授は、及川《おいかわ》、古屋《ふるや》が助手を務める。あの日、笠原と共に宮部達之進を死に追いやった二人であるが、ここに見かけ倒しの剣崎がおらずによかったと笠原はまたも胸をなでおろした。

「では、武芸の稽古を拝見仕りましょう……」

眞壁清十郎は相変わらず笑みを浮かべて見所に笠原と並んで座り、これを見学した。

〝ドンッ〟と稽古の開始を伝える太鼓が打ち鳴らされた時であった。

「おう！　待った待った！　稽古の前にちょいと邪魔するぜ」

いきなり道場に入って来た剣客風の男が一人――峡竜蔵である。

「何だお前は！」

「ここをどこだと心得る！」

たちまち及川、古屋の二人が木太刀を手に竜蔵に立ち塞《ふさ》がった。

武芸教授の二人はこういう時のために飼ってある番犬でもあるのだ。さらに笠原の機嫌をとろうと身構える武芸自慢の塾生もいた。

「ここがどこだ？　ふん、いかさま塾じゃねえか……」

「おのれ、出て行かぬとただではおかぬぞ！」

番犬が吠《ほ》えた。

「ただではおかぬ……。あの日の宮部達之進のように嬲《なぶ》り殺しにしようってえのかい」

その言葉に塾生達は息を呑んだ。あるいは行き過ぎた折檻によって達之進は死んだのではなかろうかと、何人かの塾生は思っていたのである。

「誰かは知らぬが強請集《ゆすりたか》りの類《たぐ》いならば御門《おかど》違いじゃ、早々に立ち去れい」

笠原はじっと成り行きを見ている眞壁清十郎の手前、落ち着き払って言った。

「おう、お前が笠原監物かい。てことは、この馬鹿二人が及川、古屋……。人殺しが揃っているわけだな」

「黙れ！」

及川と古屋は早くこの男の口を塞がねばならぬと、木太刀で打ちかかった。

「たわけが！」

竜蔵は二本の木太刀を右に左にかわすと、

「借りるぜ……」

と、一人の塾生が手にする木太刀を手に取り、凄まじい勢いで二本の木太刀をたちまち叩き落とし、及川の足を払い、古屋の胴を打った。

及川は足が動かず座り込み、古屋は息が出来ずにのたうった。

余りの鮮やかな竜蔵の手練《しゅれん》に、塾生達は度肝を抜かれ、武芸場は水をうったように静まり返った。

「おう笠原、お前は今おれを集りだと吐《ぬ》かしやがったな。ここにいる連中の親から法外な金をむしり取って集っているのはお前の方じゃねえか」

「お前はいったい何者だ……」

さすがに色を失う笠原の横で眞壁清十郎が口を開いた。

「峡先生、これはまた何と御無体《ごむたい》な……」

「おお、これは眞壁殿ではござらぬか、いやいや奇遇でござるな」

意外な二人のやり取りに笠原が、床にのたうつ及川、古屋が、そして塾生達が驚いた。

「こ、これは御名代の知り人でござるか……」

笠原は顔に動揺を浮かべた。

「この御仁は峡竜蔵先生、主家である佐原家の剣術指南役を務めておられる御方にて……」

「何と……」

「少々口はお悪いが、剣の腕はそれはもう大したものでござる。峡先生、某は主命を受け天下に名高きこの塾を検分に参ったのでござるが、いきなりずかずかと入って来たかと思えば、笠原先生を集り呼ばわり、まず理由を聞きましょう」

「ならば理由をお話し致そう」

互いに目と目を交わし合い、心の内でニヤリと笑い合う竜蔵と清十郎は、塾生達で埋めつくされた武芸場の趨勢《すうせい》を完全に支配した。

「この笠原監物は及川、古屋の両名と共に、宮部達之進を折檻し、死に至らしめた……」

「何を申すか。あれは私の与り知《あずか》らぬこと……」

「与り知らぬ？　私にそれほど教えを請いたくば、帰りに道場へ来い。ただ一人教授してやろう……。そう言っておいて与り知らぬとはどういうことだ。おう！　この先生が達之進にそう言ったのを聞いた奴が何人も居るだろう！　仲間が死んだというのに、我が身かわいさにだんまりを決めこむのか！」

武芸場の中を見廻《みまわ》す竜蔵の視線を避けるように数人の塾生が目を伏せた。

「先生、それは真にござりまするか」

清十郎が静かに言った。

「いえ、そのようなことを口走ったかもしれませぬが、私は所用があり、師範代の剣崎というものに……」

「罪をかぶせたんだろう」

竜蔵は笠原の言い逃れを許さずに、

「おう、新吾！　連れて来い！」

大音声《だいおんじょう》で表に声をかけた。

それに呼応して、表に控えていた神森新吾が、後ろ手を縛られた剣崎藤兵衛を連れて来た。

再び場内は騒然となった。

「こいつは昨日、女郎屋で暴れていやがった。話を聞いたら洗い浚《ざら》い喋ってくれたぜ」

喋るしかない。喧嘩無双の竜蔵に顔を貸せと言われて、〝文武堂〟近くの百姓地の作小屋まで連れてこられ、一晩みっちりと問い糺《ただ》されたのだ。

思えば一人いい目を見る笠原監物を、痛い目に合ってまで義理立てする必要はない。

「剣崎……！」

うろたえて大喝する笠原を、不貞腐《ふてくさ》れたように剣崎は見返した。

「きつく言ってやるではない。この男はお前さんのかつての御師匠の息子なんだろう」

「黙れ、こ奴が何を申したかは知らぬが、何もかも出まかせじゃ！」

「出まかせはお前だろう。この剣崎先生は達之進が死んだ日は非番で、回向院前の女郎屋にしけこんでいて、おまさって女にこんなもん書いて渡してやがったんだよう……」

竜蔵は件《くだん》のおまさへの誓紙を懐から出して見せつけた。

「おあつらえ向きに日付も血判も入った確かな証拠だ。こいつが日の暮れにここへ顔を出したのは遊ぶ金がなくなって無心に来たんだ。大した人が師範代だねえ、この塾は。でもまあ、正直に話してくれただけでも笠原先生、お前さんよりちったあましだ。塾生の皆はようく聞け、誰とは言わねえが、何としてもこの塾に入りてえって奴がいて、そいつが金を積んだから塾は邪魔な宮部達之進をやめさせようとしたんだ」

「笠原先生、そうなのですか……」

清十郎が厳しい口調で問うた。

――佐原信濃守にしてやられた。

笠原はここに至って確信した。この塾の後ろ盾である大原備後守のこのところの柳営での専横に、大日付として釘をさしに動いたのではなかったか……。

「この一件は既に不慮の事故として処理されておりまする。剣崎を脅しつけて喋らせたことに何の真実がありましょう」

しかし、それでも笠原は強弁を繰り返した。ここへきても開き直るしかなかった。

「やかましいやい！　確かに達之進を殺すつもりはなかったかもしれねえ。だがな、他人《ひと》様の子を預かっておいてこれを死なせたんだ。いかなる理由があろうともまず己が襟《えり》を正して申し訳なかったと詫びるのが人の道じゃあねえのか。弟子をとるとはそういうことだと、おれは藤川弥司郎右衛門先生から教わった。それを何だ。お前は罪んを認めず人のせいにして、残念の一言で済ませた。己の欲得のために門人が一人死んだのに、悼む気持ちの欠片《かけら》もねえときている。表向きにはこのまま済んだとしても、おれは許さねえ。お前みてえな汚ねえ野郎が、これから花を咲かせようっていう若え奴らに偉そうに道を説くなど断じて許せねえ！　宮部の家へ手前が出向いて詫びを入れやがれ！」

　言い放つや竜蔵は、やっとのことで起き上がってきた及川と古屋を再び蹴り上げると、

「その前に、まずここの塾生達に達之進が死んだ真の理由を打ち明けねえか！　この野郎！」

　見所から笠原を引きずり降ろした。

「な、何をする！　無礼者め！」

　抗《あらが》う笠原を清十郎と新吾、剣崎までもが冷笑して見ていた。

「死んだ親父と同じ年恰好《かっこう》の男に、おれは滅多と手をかけねえが、お前だけは許せねえ！」

　竜蔵は笠原を軽々と投げとばし、

「真の理由を打ち明けて詫びを入れろってんだ。さもなくば死んだ宮部達之進と同じ

ようにお前の頭を床に打ちつけてやらあ！」

と、髻《もとどり》を摑んだ。

「わ、わかった……、某が稽古をつけた折に宮部達之進は死んだ……。だが、殺すつもりはなかったのだ……。本当だ、達之進を殺すつもりはなかった……。御名代、信じて下さりませ……」

笠原はしどろもどろに絶叫してその場に崩れ落ちた。

竜蔵はこの期に及んでまだ、大目付の権威を恐れる笠原監物に辟易《へきえき》しながら、呆然《ぼうぜん》として成り行きを見守る塾生達を見廻した。

「ようく見ろ。これが〝文武堂〟のお偉い先生だ。こんな所に高い金を払って息子を学ばせる……。お前達の親を馬鹿だとは思わぬ。それも我が子の行く末を思ってのことだ。お前達とて親の言うことには逆らえぬ。ここで学んだことが間違っていたとは言わぬ。だがな、お前達ももう立派な大人だ。立身出世のことばかり考えて、手っ取り早く親任せにして己が道を決めてしまってよいのか。己が師は己で選ぶくらいの心意気があってもいいだろう。この眞壁清十郎殿は立派な侍だが、十五年前にこの〝文武堂〟への入塾を決めながら金が足らぬと追い返された」

たちまち笠原の顔が青ざめ、まじまじと清十郎を見た。

清十郎は静かに笑みを浮かべている。

「突き返された金はお袋様が血の滲《にじ》むような想いで貯めた金だった。だが恐らく同じ頃にもっと金を積むという者が現れたんだろう。今度とまったく同じだ」

「そ、そのようなことが……」

笠原は大目付の名代がその時の意趣を含んでいたのかと、媚びるような目で清十郎を見た。

「十五年前のことです。忘れておられるのも無理はない。母の心中を想うと辛《つろ》うござるが、某はもう恨んでおりませぬ。今日検分仕って、つくづくとあの日ここへ入塾せずによかったと思うておりまする。お蔭で、身は貧しい浪人ながら、色々な人との出会いを経て、今では佐原家側用人として君の御信任を頂くまでに相成《あいな》り申した……」

清十郎の言葉には一点の曇りもない。

――どうしてこいつはこう涼し気でいられるんだ。

感心しながら竜蔵は、

「まあ、そういうことで邪魔をしたな。おれはどうもすっきりしないことがあると居ても立ってもいられない性分でな……。笠原先生、宮部の屋敷へどうぞ御足労願いますよ。袖振り合うも多生《たしよう》の縁だ。皆も宮部達之進の死を悼んでやっておくれ。そうして日々励んで下されい……」

竜蔵は武芸場に一礼すると、がっくりとうなだれる笠原監物を尻目に、新吾を伴い武芸場を出た。清十郎も静かに御免と席を立った。表にはそっと中の様子を伺う竹中庄太夫と網結の半次の姿があった。

「終わったぜ……」

庄太夫と半次に竜蔵が頰笑んだ時――ぞろぞろと武芸場を出てきた塾生達が、竜蔵と清十郎に一斉に深々と礼をした。

六

「はッ、はッ、まったく愉快じゃ。大原備後守めがこのおれに、御指示を仰《あお》ぎたいと訪ねて来たのだが、何のことはない、〝文武堂〟の弁明をしたかったようだ。まったく、日頃は偉そうな顔をしてふんぞり返っているくせに、存外気の小さい男よ……」

この日の佐原信濃守は終始上機嫌であった。

中奥《なかおく》の私室にお気に入りの眞壁清十郎と、出稽古に訪れた峡竜蔵を呼び寄せて、気取りのない信濃守好みの酒肴《しゅこう》を調えさせ、今は一杯やっているのだ。

〝文武堂〟での宮部達之進変死の一件は、眞壁清十郎から信濃守の耳にさりげなく届けられた。

そしてこれに、清十郎も驚くほど信濃守は怒りを顕《あら》わに反応した。

信濃守はかねがね大原備後守のことを、

「いけすかねえ野郎だ」

と、若き頃の荒くれた気性そのままに、心の内で想い続けていた。

どこか人を小馬鹿にしたような面持ち。陰険さが滲み出るような物言い……。とにかく、何もかもが気に入らないのである。

若い頃ならあれこれ難癖をつけてでも殴ってやりたい男であるが、信濃守は大目付という重責を担う身、相手は高家を務める大身《たいしん》の旗本である。それも叶わぬこと。

――だが、何かであいつをやり込めてやりたい。

そう考えていた矢先の清十郎からの報せである。

備後守が〝文武堂〟なる私塾を異母弟の儒学者にやらせているという噂は聞き及んでいた。

塾で稼ぎ、そこの塾生を己が人脈による口利きで就職させ、その折にまた謝礼を出させる……。

大方そのようなことをしているのであろうと、これもまた備後守の人となりが表れているようで頭に来ていた。

泰平の世にあって、大目付の職分も随分と形骸《けいがい》化されているきらいがあるが、高家への監視は重要な職責であるはずだ。

大原備後守のような男を野放しにしておくと、私腹を肥やし、それをもって人脈を広げ、やがて専横を極めんとも限らぬではないか。

この辺で鼻を折ってやらねばならない。

そして、峡竜蔵の怒りに助勢して、眞壁清十郎を名代として派遣したのであった。

大目付を務める佐原信濃守の名代の前で、笠原監物が化けの皮をはがされたとあっては、剛直の士として名高い信濃守が何を言い出すかわからない。今度のことに慌てた備後守は、日光名代についての職務上の相談にかこつけて信濃守への面談を求め、話のついでを装って、

「何やら世間では大原備後守が〝文武堂〟なる私塾に入れあげているという噂が出て困っております……」

いけしゃあしゃあと泣き事を言ってきた。

「はて、そうではござりませなんだか。某はまた、笠原監物殿という御舎弟《ごしゃてい》に合力をされているとばかり思うておりましたが……」

そう切り返すと、それから備後守はしどろもどろになってひたすら弁明を繰り返した。舎弟などとはとんでもない。なかなかの人物だと目をかけて何度か屋敷へ出教授をさせたが、それをあたかも大原家が〝文武堂〟の後ろ盾のように吹聴《ふいちょう》したのだ。まったく自分には見る目がなかった。もうこの後は一切の関わりを断つつもりである……。

「はッ、はッ、そんなことをあんまりくどくどと吐かしやがるから、何も応えてやらずに、ぐっと睨みつけるようにしてやったら、泣きそうな顔になって、またうだうだと言い訳をしやがった。はッ、はッ、まったく情ねえ野郎だ……」

酒が入るにつれ、信濃守の口調はくだけてきて、何度も腹を抱えた。

その後――。

笠原監物は罪を問われることはなかった。

町奉行所の方では不慮の事故だと一旦処理をしたことであるし、笠原に殺意があったとはいい難い。

高家を務める大原家への配慮もあったし、大目付・佐原信濃守もそこまでは口出しはしなかった。

しかし、大原備後守は城中ですっかりと大人しくなり、〝文武堂〟に通う者は激減し、やがて私塾は取り壊され、笠原監物を始め、剣崎藤兵衛達、講師を務めていた者も何方《いずかた》ともなく姿を消したのである。

とは言え、それはさらに後の話である。今はそれぞれが溜飲《りゅういん》を下げて男の宴を楽しんでいるのだ。

「だが竜先生、本当に先生はお節介な男だなあ。こ度《たび》もまた暴れてくれたものだ」

「いや、面目次第もござりませぬ……」

「何の、そこが気に入っているのさ」

「こ度のことはお殿様の御助勢がなければさすがにこの竜蔵も、あのような無茶はできませなんだ。忝《かたじけ》のうござりまする……」

頭を下げる竜蔵を見て、信濃守は目を細めると、庭の向こうに広がる暮れ泥《なず》む空を見ながら、

「こっちの気分はすっきりしたってえのに、またすぐにじめじめとした梅雨がきやがるか……」

としみじみと言ったものだが――すぐにかまぼこに箸をのばす清十郎へ目を移し、

「ところで清十郎、お前は随分とかまぼこが好きなようだが、何かかまぼこに思い出でもあるのかい」

と、首を傾《かし》げた。

「ははッ、それはその……」

清十郎はかまぼこの由来を問われて、いかにもこの男らしく威儀を正した。

「何だ清さん、おぬしはお殿様にあの話をしていないのかい」

竜蔵は恨みつらみを口に出さぬ清十郎の男らしさに感じ入りながら、それならば代わりに話してやろうと信濃守を見てニヤリと笑った。

「大した話でもございませぬ……」

はにかむ清十郎に、

「そもそもかまぼこの話に大した話などあるまい。竜先生、お前さんは知っているのかい」

信濃守は二人を交互に見て、

「聞かせておくれ……」

「しからば某が……」

竜蔵が畏まって話し始めた。十五年前、清十郎が亡母と並んで墨堤で食べた〝かまぼこの味〟の物語を――。

――殿の仰せの通り、まったくお節介な男だ。

そのお節介が嬉しいような気恥ずかしいような……。

間が持てない清一郎はまた一切れかまぼこを口に運ぶ。

濃厚な味わいが口いっぱいに広がった時、話を聞く信濃守の目から一足早い梅雨の到来のごとく、ぼろぼろと涙の雫《しずく》が流れ落ちた。

第四話　押して勝つ

一

「それ！　それ！　やあッ！」

峡竜蔵が放つ裂帛《れっぱく》の気合が響き渡った。

「まだまだ！　どうした。かかって来い！」

「おい、竜蔵、もういい加減にしろ……」

沢村直人《さわむらなおと》が音《ね》をあげた。

「よし！　それまでだ！」

見所で見ている赤石郡司兵衛《あかいしぐんじべえ》が苦笑しつつ、号令をかけた――。

梅雨が明け、本格的な夏の暑さの到来となったある日のこと。

下谷《したや》車坂の赤石道場に、猛稽古《もうげいこ》に励む峡竜蔵の姿があった。

この日の竜蔵は、華麗なる剣捌《けんさば》きを見せるわけではなく、ひたすら防具稽古の打ち合いで、体当たりによって門人達を片っ端から吹きとばしていた。

三田に己が道場を持つ竜蔵であるが、時折は自分自身の稽古をつけてもらいに、赤石郡司兵衛の許《もと》に訪れる。

郡司兵衛は、故・藤川弥司郎右衛門の高弟にして、師から直心影《じきしんかげ》流第十一代的伝を受け継ぐ剣客である。

つまり竜蔵にとっては遥《はる》か年長の兄弟子《あにでし》にあたり、かつて藤川道場の内弟子として修行していた竜蔵は少年の頃から郡司兵衛に鍛えられてきたといえる。

竜蔵が弥司郎右衛門に入門したのは十歳の時であったが、その時既に赤石郡司兵衛はこの車坂に道場を構え独立していた。

それ故《ゆえ》に藤川道場と赤石道場とは、互いに門人の往き来があり、剛剣で鳴らす竜蔵はこの赤石道場では随分と恐れられていたのだが、このところは人間も落ち着いてきて、郡司兵衛の指導を仰《あお》ぐ外は誰彼構わず激しい稽古を望むこともなかった。

それが今日は何やらむきになって、郡司兵衛の門弟を相手に体をぶつけている。

沢村直人などは何度壁にぶつけられたことやしれぬ。

沢村は竜蔵とは藤川道場時代の同輩なのであるが、直心影流の道統が赤石郡司兵衛に移り行くと見るや、うまく立ち廻《まわ》っていち早く赤石道場にその身を移した。

そういう調子の良さや、やたらと剣術論を持ち出す小賢《こざか》しさが竜蔵にとっては気に入らず、何かと沢村を目の仇《かたき》にしたから、この日も沢村を捉《とら》えては吹きとばしたのだ。

竜蔵が三田の道場を空けて、ここで体当たりに精を出しているのには理由がある。

少し前のこと、いつものように赤石道場に竜蔵が稽古をつけてもらいにやって来たところ、三十過ぎの大兵《だいひょう》の剣士が一人、稽古に加わっていた。

関田大八《せきただいはち》という武州《ぶしゅう》調布の剣客で、江戸へ稽古に出て来て、名だたる道場を巡っているらしい。

天然理心流《てんねんりしんりゅう》に習ったという剣の腕の方は竜蔵から見て、お世辞にも筋が好《よ》いとは言い難いが、身の丈が六尺（約百八十センチ）以上もあるであろうがたいの大きさは一際目を引いた。目方も二十貫（約七十五キロ）をはるかに超えているのであろう。

赤石道場の門人達は、一様に関田と稽古をすると当たり負けてよろけていた。

——田舎《いなか》剣法はこれだからいかぬ。

関田の粗雑な剣風を苦々しく見ていた竜蔵に、

「峡先生、先程からお見受け致しますに、真《まこと》にお見事なる腕前。是非、某《それがし》に一手御指南《ごしなん》願いまする」

その関田が丁重に仕合《しあい》稽古を望んできた。

「左様か。ならばまあ一本と参ろうか」

などと軽く受け流すつもりで相手をしてやったのだが、関田の方は竜蔵との稽古に緊張して力んだか、構えるや、

「うりゃあ！　お〜ッ！」

と、猛牛の如《ごと》き咆哮《ほうこう》をあげながら、初太刀《しょだち》で突進してきた。

剣術も何もあったものではない関田の打ち込みを竜蔵は真正面から受けたが、巨漢の突撃は思った以上に強く、鍔迫《つばぜ》り合いから体当たりをくらって不覚にも後方に突きとばされてしまった。

「ええいッ！」

猛牛の突進はそこから面打ちへと続き、不様にもよろけた竜蔵は見事にこれを喰らい、ドンッと尻もちをつくおまけがついた。

「一本！　お見事……」

その様子を見た沢村直人が、日頃の竜蔵への意趣返しをこめて関田に賛辞を贈った。

呆然《ぼうぜん》たる竜蔵へ、関田は一礼すると、

「うむ、この一本は某の励みとなり申した。一ト月後にまたこちらで稽古をさせて頂きます故、改めて一本お願い致しまする」

と告げた。

この一本勝負が峡竜蔵の恐るべき負けん気に火をつけてしまったのである。

「うむ……、まったく不甲斐《ふがい》ない……。おれはいったいどうしてしまったというのだ！」

竜蔵は己に対して怒り狂った。

あのような取るに足りぬ田舎兵法者連れに、突きとばされ、面を喰らい、尻もちをついた。

足腰をしっかりと鍛えていない故に斯《か》く後れを取ったのだ。

このところ自分は小手先の剣捌きに浮かれていたのではないのか……。

こうなると体当たりの稽古を積むしかない。

しかし、三田の峡道場では相手不足であった。かくなる上は不覚を取った赤石道場で稽古を積ませて頂こう――。

竜蔵は郡司兵衛に願い出て、このところは重い岩を持ち上げ、大木に体をぶつけ、下半身強化を図る一方で、三日にあげず車坂通いをしているのである。

とは言うものの、赤石道場の門人にとってはこれ程迷惑なことはない。

「先生、このままでは、わたし達は奴に殺されてしまいます……」

沢村直人はついに、赤石郡司兵衛に泣きついた。

郡司兵衛の門下には優秀な剣客は何人も居るが、後に直心影流第十二代的伝を受け継ぐ団野《だんの》源之進などは、数年前から本所亀沢町に己が道場を構えているし、いかな竜蔵とて師範代級の者に体当たり稽古は望めない。

それ故、沢村直人などは特に標的にされるのである。

「竜蔵、ほどほどにしておけ……」

郡司兵衛はこの日、竜蔵を窘《たしな》めた。

「そもそも剣を抜いて鍔迫り合いで押し合うなど、実戦では避けねばならぬ。相手が突進してきたりなば、これを見事に受け流す法を考えればよいことじゃ」

「はい。それは先生の仰《おっ》しゃる通りなのでござりますが、この竜蔵はあの関田大八ほどではござらねど、決して小兵《こひょう》ではありませぬ。関田如きを真正面から受け止め、これをのけぞらすだけの腰の強さがなくて何と致しましょう。実戦であれ何であれ、このままでは面目が立ちませぬ。関田大八がまた当道場へ来た時は、逃げずに正面からぶつかって打ち倒しとうござりまする……」

しかし、郡司兵衛の言葉も関田に後れを取ったと歯噛《はが》みする、竜蔵の耳には届かぬようだ。

「おぬしも負けず嫌いよのう。ほんに父親にそっくりじゃ」

郡司兵衛は兄弟子であった竜蔵の亡父・虎蔵を思い出し、苦笑するしかない。

「確かに腰の強さは肝要じゃ。だが、最早《もはや》この道場に竜蔵の稽古相手になる者はおらぬ。関田大八との一本勝負まで、どこぞで稽古を積んで来るがよい」

「それは……、畏《かしこ》まりました。申し訳ござりませなんだ」

竜蔵は返す言葉もなく神妙に頭を下げた。

郡司兵衛の言う通りである。

沢村を何度壁にぶつけても、ただの弱い者苛《いじ》めに過ぎぬ。

思えば誰が見たとて、峡竜蔵と関田大八の剣の技量の差は歴然としているのだ。

「はッ、はッ、これは見事な当たりの強さだ。久しぶりに吹きとばされてしまいましたぞ！」

などと言って、鷹揚《おうよう》に関田を称《たた》えてやればいいことなのである。

それが、来たるべく関田との一本勝負に気が逸《はや》り、しゃかりきになるとは、いつまでたっても子供じみていると思いつつ、やはりあの大きな図体を真正面から受け止めて押し返してやらねば気がすまぬ竜蔵であった。

——何か好い稽古法はないものか。

竜蔵はあれこれ思いを巡らせながら三田への帰路についた。

──こんなことで道場を留守にするとは、いけねえ師匠だ。

竹中庄太夫、神森新吾、網結《あみすき》の半次の顔が浮かんだ。

──こんな風におれが道場そっちのけで、ぶつかり稽古に出ていても、帰ったら庄さんはおれを元気付けるように、

「先生！　何ならわたしが、体当たりの御相手を致しましょうかな……。はッ、はッ、はッ……」

──なんて、蚊蜻蛉《かとんぼ》みてえな体をしながら、下らねえ戯《ざ》れ言《ごと》を言うんだろうな。

三田へと近づくにつれて、頭の中は門弟達への申し訳なさが募る。

それでいて、彼らのことを想うと、何やらほのぼのと温かい気分になるから不思議だ。

竜蔵は照りつける夏の日射《ひざ》しも何のその、船に乗ることもなく、下谷から三田への道をしっかりと踏みしめるように歩いた。

しばらくは赤石道場にも行けないので、持ち帰る防具が重たかったが、これもまた足腰の鍛練である。

〝鍛練〟〝修行〟〝稽古〟

何事をするにあたっても、この三つを当てはめてかかると、日頃の暮らしに辛《つら》いことも面倒なこともない。

何かと思ううちに、道場の腕木門《うでぎもん》が見えてきた。

「帰ったよ……」

門を潜《くぐ》ると道場から待ち侘《わ》びていたとばかりに、庄太夫、新吾、半次がとび出して来た。

驚いたことに常磐津《ときわず》師匠・お才までが出入りの階《きざはし》に腰かけていた。

「先生！　いかがでございましたか」

庄太夫は何やら浮き浮きとしている。

竜蔵は、新吾に防具を渡すと頭《かぶり》を振った。

「だめだだめだ。もう赤石道場に稽古相手はいねえよ」

「左様にございますか。何ならわたしが、体当たりの御相手を致しましょうかな……。はッ、はッ、はッ……」

庄太夫は予想通りの戯れ言を返してきた。

それにしても、どうも四人の様子が浮わついている。

「おいおい、おれの居ねえ間に何かおもしろいことでもあったのかい。お才、お前までいってえどうしたんだよう」

「どうもこうもありませんよ。竜さんの留守中、ここへ誰が訪ねて来たと思う？」

「借金取りでも来たか」

「そんなおもしろいこと言わなくていいんですよ。本当に水くさいんだから竜さんは……」

「だから、誰なんだよ」

「剣竜長五郎《けんりゆうちようごろう》ですよ」

「剣竜長五郎……？　あの、相撲《すもう》取のかい」

竜蔵は狐《きつね》につままれたかのようにポカンとしておお才を見た。

剣竜長五郎は今売り出し中の力士である。

大坂相撲で名を挙げ、先頃江戸へ移ってきて、珍しい物好きの江戸っ子の心をくすぐっていた。

近々、芝神明で特別に花相撲が行われるとかで、この界隈《かいわい》の者達の間では大きな噂《うわさ》になっていたのである。

だいたいが江戸の〝モテ男〟というものは、〝火消しの頭《かしら》〟〝与力〟そして〝力士〟と言われた。

その中でも、今話題の剣竜長五郎が訪ねて来たのだから四人の興奮ぶりも頷《うなず》ける。

「たまたまあたしが表を通りかかったんだよ。すると、何とも恰幅《かっぷく》のいい人がいてさ」

「そりゃあ相撲取だからな……」

「それで、こちらに何か御用ですか……。て尋ねたら、剣竜長五郎と言うものだが、峡竜蔵先生の道場はこちらですかと言うじゃないか」

興奮冷めやらぬお才は早口にまくしたてた。

「それで師匠が案内してくれて、もうこちらは何やら舞い上がってしまいまして……」

庄太夫が続けた。

「わたしが当道場の師範代・竹中庄太夫でござる……。何て言ってしまいましてね」

「まあ何でも好きなように言やあいいが、剣竜はおれを訪ねてきたのかい」

「はい。何でも昔先生から、言葉につくせぬ恩を受けたそうで、江戸へ出てまず御挨《ごあい》拶《さつ》に来ようと思いつつ、あれこれ用が重なって今になってしまったと詫《わ》びておりましたが」

「おれから恩を受けた？」

「あれ？　先生には覚えがねえんですかい」

半次が小首を傾《かし》げた。

「ああ、まったくねえよ」

「お忘れになっているだけではありませんか」

新吾は、いかにも先生らしいと笑ったが、実際、どう思い出してみても竜蔵には覚えがないのだ。

「一度お会いになられてはいかがです？」

生憎《あいにく》、峡竜蔵は余所《よそ》の道場に出かけていて不在であると言うと、剣竜は残念そうにして、また改めて出直すことにするが、自分は今、豊津《とよつ》家お抱えとなり、深川の下屋《しもや》敷《しき》に住まいを与えられていると告げたそうだ。

「豊津家……」

九州豊後《ぶんご》で五万石を領する大名である。

竜蔵にとっては、以前に家中《かちゅう》の士、黒鉄《くろがね》剣之《けんの》助《すけ》が果した、兄・剛太《ごうた》郎《ろう》の敵討《かたきう》ちの助太刀をしたことで、知らぬ仲ではなかった。

どうやら、江戸に峡竜蔵という剣客がおらぬか尋ねたところ、あの時の助太刀を務めてくれた峡竜蔵に違いないと、この道場を教えられたようだ。

「そうなのかい……。まあ、世話になったと言うんだから世話をしたんだろうよ……」

今の竜蔵にはどうでもよいことであった。

力士の話が出て、あの関田大八の大きな図体が思い出されてますます不快であった。

そんな竜蔵の心中を知るや知らずや、

「竜さん、お願いだよ。今度会ったら剣竜さんの手形をもらっておくれよ。お稽古場に貼《は》っておけば魔除《まよ》けになるかもしれませんからね」

お才はあれこれ催促をするし、四人は人気力士と会った興奮をまだ引きずっている。

意外や蚊蜻蛉のくせをして、庄太夫は相撲好きのようだ。

「先生、やはり力士の手は大きゅうございますな。どれほどの力があるのか、試しに突っ張りをしてもらいましたよ」

「庄さんが？」

「はい、何事も身をもって知らねばならぬと思いまして」

「無茶なことを頼むんじゃねえよ」

「もちろん、軽くでございますよ。わたしがまともに受けたら、品川辺《あた》りまで飛んでいきますからね」

「それでどうだった？」

「それはもう、ほんの軽く押されただけで、道場の端まで吹きとびました」

「だろうな……」

「今でも息をすると胸が痛みますよ。はッ、はッ、はッ……うむ、笑うと痛い」

「庄さん、そいつはきっとあばらにひびが入ったんだよ」

「そうでしょうか……では当分剣術の稽古は控えた方が……」

「いつも控えてるじゃねえか」

「そうでした。はッ、はッ……。痛い……」

まったく暢気《のんき》なもんだと、四人に構わず道場へ上がると、竜蔵の脳裏にある考えが浮かんだ。

「待てよ……。おれに世話になったと、相撲取が訪ねて来た……。うん、こいつはいいや……」

二

翌日。

竜蔵は朝から駿河台《するがだい》にある豊津家上屋敷《かみやしき》へと出向き、留守居《るすい》役・丸山蔵人《まるやまくらんど》を訪ねた。

昨年の梅が咲く頃――。

兄の敵を討ち果たし、豊津家への帰参が叶い、国表《くにおもて》へと旅立った黒鉄剣之助であったが、この折にお蔦《つた》という妻を同伴した。

お蔦は曲文字《きよくもじ》書きの芸人で、敵を求め漂泊の旅を続けていた剣之助を助け、見事本懐を遂げさせた功労者であったが、剣之助との身分違いを想《おも》い一旦は身を引こうとした。それに心を痛めた豊津豊後守《ぶんごのかみ》の主命によって、お蔦を己が養女として改めて剣之助に嫁がせるという労をとったのが、この丸山蔵人であった。

剣之助に剣を指南し、助太刀をした峡竜蔵を大いに気に入り、剣術指南役として屋敷へ出稽古に来てくれるつもりがあるなら主君・豊後守に上申してもよいと言ってくれたのも丸山であった。

その時は、まだまだ大名家へ出入りする程の器にあらずと辞退した竜蔵であったが、丸山の厚意は忘れておらず、何ぞの折には一度訪ねてみたいと兼々《かねがね》思っていたので、豊津家お抱え力士・剣竜長五郎のことは、ちょうど好い機会となったのである。

「おお、これは珍しい人に会えた……」

丸山は竜蔵の来訪を知るや、内玄関わきの八畳ばかりの一間に請じ入れ、大いに再会を喜んでくれた。

　竜蔵は一別以来の無沙汰《ぶさた》を詫び、丸山から黒鉄剣之助の息災を聞かされ大いに安堵《あんど》すると、その後、佐原信濃守邸へ出稽古に赴《おもむ》くようになったことを報《しら》せた。

「あの折は当御屋敷への出稽古をお勧め頂きながら申し訳ござりませなんだ」

「何のお気にされますな。このようなことは互いの機運が合《お》うてこそのこと。また気が向けば考えてみて下され。すぐに殿へ伺いを立てましょうほどに」

「忝《かたじけ》のうござりまするが、お殿様は今、相撲の方にばかりお気を取られておいでござりましょう」

「はッ、はッ、ようおわかりじゃのう」

　丸山は相好《そうごう》を崩した。

　豊津豊後守は、他にも数多《あまた》大名家からの誘いを受けながら、剣竜長五郎が豊津家のお抱えを望んだことに狂喜して興奮の体《てい》であるそうな。

「それにしても剣竜長五郎と峡殿が存じ寄りであったとは驚きましたぞ」

　剣竜に峡竜蔵という剣客を御存知ないかと尋ねられ、三田の道場を教えたのは、やはり丸山蔵人であった。

「いや、それが昔、世話になったとのことでござるが、某はよく覚えておりませんで……」

「はッ、はッ、これはまた奥ゆかしい。ならば会《お》うてお話しなさるがよろしい。すぐに思い出しましょう。下屋敷まで御案内仕る《つかまつ》」

丸山は自ら上屋敷を出て竜蔵を案内してくれた。

竜蔵は恐縮したが、丸山も時として剣竜の勇姿に触れておきたかったし、屋根船を仕立てて深川の下屋敷へ行く間に、あれこれ竜蔵と語り合いたかったようだ。

船上、丸山はよく語った。

剣竜長五郎は義理堅い男である。たかだか五万石の大名であるが、一番初めに声をかけてくれた豊津家のことを忘れずにいてくれた。

そういう男であるから、竜蔵が覚えていないようなことをも恩義に感じ、わざわざ道場を訪ねたのであろう……。

これから剣竜に会いに行く竜蔵には興味深くありがたい話であった。

やがて船は大川端の柾木《まさき》稲荷《いなり》に続く船着場に到着し、そこからは目と鼻の先の五間《ごけん》堀にある豊津家下屋敷へと入った。

「おお、やっておるやっておる……」

門を潜り、中庭を奥へ進むと、パシリッと肉体と肉体のぶつかり合う音が聞こえてきた。

当主・豊後守は蔵屋敷として使われていたこの下屋敷に、屋根付の土俵を設《しつら》え、侍長屋に手を加え、恩義を忘れぬ剣竜の住まいと稽古場を作ってやった。

勇ましい音はそこから聞こえて来るのである。

見れば土俵には数人の大兵の男が居て、締込《しめこ》みひとつでぶつかり合っていた。

中でも一際大きく、肌の艶《つや》も美しい力士がいて、次々とかかる連中をなぎ倒している。

太い眉《まゆ》に猛鳥の如き目、分厚い唇……。彼が剣竜長五郎であることは明らかだ。

やがて、丸山蔵人の姿に気づいた剣竜は恭々《うやうや》しく一礼をした。そしてすぐに丸山の傍にいる竜蔵の姿を認め、思わずその大きな顔を紅潮させた。

喜びと照れくささが合わさった、何とも男の好い顔である。やはり剣竜は峡竜蔵を見知っていたようだ。

「峡竜蔵殿じゃ。そなたに会いたいと、拙者を訪ねてくれてな……」

「それでわざわざお連れして下さりましたか。忝のうござりまする……」

太く爽《さわ》やかな声であった。

丸山に礼を言うと、剣竜は竜蔵の前まで歩み寄り、大きな体を曲げて、

「お懐かしゅう存じます……」

深々と頭を下げた。

剣竜は自分のことを知っているようであるが、はてどこで会ったのか——竜蔵はまるで思い出せない。

「あの折は随分とお世話になりました。剣竜長五郎でごんす」

「あ、ああ……、峡竜蔵でごんす……」


とにかく竜蔵は話を合わせた——。

丸山蔵人は剣竜に竜蔵を紹介すると、すぐに上屋敷へと戻った。

剣竜は稽古を中断し、浴衣《ゆかた》掛けとなり、髪もなでつけ、竜蔵を侍長屋に与えられた自室へと招き、改めて座礼して再会を懐かしんだ。

これほどの力士を忘れるはずはない。

しかし、はっきりとは思い出せない。

竜蔵は記憶の糸をたぐりながら、剣竜の話に糸口を見つけ出そうとしたが、そもそも力士とは無口で物静かなものだ。

口許に穏やかな笑みを浮かべて立派な剣客となった竜蔵を称え、昔の思い出に浸《ひた》っている。

剣竜の話から察すると――。

どうやらまだ剣竜が大坂相撲にも出ていない頃、藤川弥司郎右衛門の供をしている時に旅先で出会ったようである。

そう言えば、亡き師匠は武芸を極めた人だけに大の相撲好きで、力士と出会うと所構わず声をかけ、あれこれ勝負の極意などを聞いていたものだ。

恐らくその時に剣竜は付き人か、ふんどし担ぎの類《たぐい》で、何か失敗をやらかしたのを旨《うま》い具合に庇《かば》ってやったのではなかったか――。

そういう思い出はいくつもある。

とはいえ、太った奴と入道頭の奴は、どれも皆同じに思えて、どれがどれかわからない。

長五郎という名には覚えがなかったが、そのうちの一人なのであろう。

――まあ、剣竜がおれの顔を覚えていて世話になったというのだから世話をしたのだ。そういうことにして恩を売っておこう。その方が好都合だ。

「いやいや、剣竜殿がここまで大した力士となってくれて、某もその昔、お世話をした甲斐があったというものだ」

竜蔵はやはりこのまま話を合わせておこうと思い立って、

「だからといって、恩着せがましく言うわけではないが、この竜蔵の頼みをひとつ聞いてもらえるとありがたい……」

と、願い事を切り出した。

今評判の力士が訪ねて来ようが、まるで浮かれることもない竜蔵がわざわざここへ来たのには理由があったのだ。

「わしに願いごとがあるとは嬉《うれ》しい。どうぞ何なりとお申しつけ下され」

剣竜はこれで恩返しが果せたらと、喜んでくれた。

「他でもない。体当たり稽古をするのに胸を貸してもらえぬか……」

「体当たり稽古……」

竜蔵が今日剣竜に会いに来た理由はまさしくこれであった。

あの関田大八の突進を真正面から受けて押し返してやるには、相撲取とのぶつかり稽古こそ最良の稽古法ではないかと、竜蔵は思いついたのである。それが今評判の剣竜長五郎ならばこれほどのことはないであろう。

竜蔵は先日稽古場で思わぬ不覚をとってしまった話を剣竜に正直に話した。

「なるほど、これはおもしろい。そんなことならお易《やす》い御用でごんす」

「引き受けてくれるかい」

「峡先生のお望みとなれば是非もない。先生の剣術修行にこの長五郎が御役に立てるなら、これほどのことはござりませぬわい」

日頃稽古をしている富士辰《ふじたつ》部屋へ来てくれたら、押し相撲の極意を伝授しましょうと剣竜はその厚い胸板を叩いた。

「こいつはありがてえや……。おれも一通りは色んな武芸を習ったが、相撲は初めてだ。しかも、これから大関にもなろうっていう剣竜長五郎に押し相撲を教えてもらえるなんて夢のようだぜ」

竜蔵は大喜びした。

その無邪気な様子が、かつて会った時とまったく変わっていないことが剣竜の胸を熱くした。

「あの時、峡先生は今のように笑って、わしを励まして下された……」

「うん、あの時……、あの時は剣竜殿も辛かったんだろうな……」

竜蔵はやはり〝あの時〟が思い出せない。

「はい、辛《つろ》うごんした……」

とりあえず話は合っているようだ。

「そういえば思い出した……」

「何を思い出したのでごんす」

「すまないが、手形を四枚ついてやってはもらえぬか……」

お才、竹中庄太夫、神森新吾、網結の半次の四人分――こういうことだけは律儀に覚えている竜蔵であった。

三

「う〜ん……。なかなか勢いのある力士ですな……」

「体は大きくないが、身の締まり方は生半可《なまはんか》なものではありませんよ」

「だが、幾つか刀傷があるようだ」

「これが少しばかり物騒ですな」

「親方、あれはいったい何というお相撲さんなんです……」

深川富岡八幡宮の西方、黒江町に富士辰部屋はある。

部屋の贔屓《ひいき》の旦那衆は、力士達の稽古を見ながらこんなことを囁《ささや》き合っている。

見慣れぬ力士が一人いて、勢いよく他の力士達にぶつかっては撥《は》ね返され、またぶつかっていく生きの好さを見せていたからだ。

相撲の方はまったく荒削りだが、驚いたことに剣竜長五郎がこの力士に懇切丁寧に、ぶつかる時の要領を教えている。

剣竜目当てに来たのだが、ついこちらの方に目をとられたというわけだ。

噂の力士が峡竜蔵であることは言うまでもない。

「土俵に上がるからには、皆と同じように、締込みひとつで稽古をさせて頂きましょう……」

下屋敷に剣竜を訪ねた翌日から、竜蔵は剣竜の好意に甘え、部屋での相撲稽古に参加させてもらい、ひたすら押し相撲の極意を剣竜に伝授されているのだ。

「押さば押せ、押して勝つのがこの剣竜長五郎の相撲でごんす」

日頃公言しているだけのことはある。

申し合いで、若い力士が息つく暇をも与えずにぶつかっていっても、剣竜に受け止められ逆に押し出されてしまう。

何度か竜蔵もぶつかってみたが、剣竜の体は巨岩の如く微動だにしない。

「ようごんすか、ただ腰が強いだけでも相手の押しを受け止めることはできませぬ……」

剣竜ほどの力士とて、自分よりさらに大きな相手と対戦せねばならぬこともある。

「力まぬことです」

力に力で対抗するのではなく、うまい具合に体の力を抜いて、体のしなりを使って下から攻め、相手の体を浮き上がらせるようにするのが押し負けない極意なのだと剣竜は言う。

「何とはなしに剣竜殿の言うことはわかるのだが、なかなかに難しいものだな……」

「いや、相撲取相手に稽古をしているのです。た易く押せるものではごんせん」

「はッ、はッ、そりゃあそうだな」

「押されてしまうようなことがあれば、こちらは飯の食いあげですよう」

剣竜はそう言って笑ったが、竜蔵の相撲に対する勘は決して悪くない。徹底的に食べて肉を付ければ、今のままでも大相撲で通用するかもしれぬとまで言ってくれた。

誉《ほ》められると図に乗る竜蔵は通って三日目くらいで、押しに関しては若い力士とぶつかり合ってひけをとらなくなって、さすがは剣に長じる者は相撲をさせても筋が好いと、剣竜と部屋の者達を驚かせた。

手応《てごた》えを覚え始めた竜蔵は、関田大八への対抗心や当たり負けた悔しさにつき動かされて稽古に来た当初とは違って、相撲を通じて剣竜と触れ合うことが次第に楽しくて堪《たま》らぬようになってきた。

剣竜もまた、剣客・峡竜蔵と話していると、己が相撲道に置き換えて、通じるところが多々あり、竜蔵との日々の会話が待ち遠しくなった。

とは言っても、殆《ほとん》どは竜蔵があれこれ喋りかけるのを剣竜が二言、三言頷きながら返すだけの会話であるのだが――。

剣竜に押し相撲を習い始めて五日目の稽古終わりのこと。

剣竜は竜蔵を近くの〝いとう屋〟という鰻屋《うなぎや》に誘った。

夏場に激しく体力を消耗する二人には、脂ののった鰻は何よりであった。

そもそも鰻の蒲《かば》焼《や》きなるものは、鰻を筒切りにして串にさして焼いたものが、河原に生えている蒲の穂に似ているからそう呼ばれるようになったというが、竜蔵が子供の頃は、さしてうまいものとも思えなかった。

それが少し前から鰻を開いて四角に切り、これを串にさして焼き、タレを付けて食べるという形式が一般化してきて俄《が》然《ぜん》うまくなった。

江戸近郊の野田や銚子《ちょうし》あたりで造られる濃い口醬油《しょうゆ》の普及も相俟《あいま》って、料理屋風の店構えの鰻屋も近頃では多く見られるのだ。

〝いとう屋〟もそのひとつで、この店は入れ込みの奥に小座敷があり、ここへは裏から入ることができる。

人目を引く人気力士である剣竜にはありがたい店なのである。

鰻の蒲焼きに煎玉子《いりたまご》に香の物——大食漢の剣竜につられ、竜蔵も酒を飲み飯を何杯も食った。

満腹に気持ちもほっこりとすると、子供の頃に辻《つじ》売りから買って食べた鰻の思い出を竜蔵が語り、そこからもう、先生は忘れてしまわれたでしょうかと、剣竜の身の上話がポツリポツリと始まった。どうやらかつて会った折には、さほど詳しく竜蔵に語っていなかったようだ。

上州《じょうしゅう》の貧農の出で、体格が好かったから口減《くちべ》らし同然に巡業中の相撲興行の一団に拾ってもらった剣竜長五郎であったが、その後に実家は離散してしまったそうな。

「わしがまだ子供の頃に親父《おやじ》殿が死んで、兄さんが、お袋殿とわしと弟の面倒を見てくれたのでごんすが、わしが出て行った後、この兄さんも死んでしまって、お袋殿は嘆き悲しんですぐに後を追うように……」

「それで弟は、故郷《くに》を捨てたのかい」

剣竜はしみじみと頷いた。

猫の額ほどの田畑にしがみついていたとて、貧乏からは逃れられぬ。

何もかも嫌になって、どこへともなくとび出したのだという。

「粂三《くめぞう》のために、わしは口減らしに出たものを……」

「弟は粂三というのかい」

「はい……」

自分よりも五ツ下であったから二十二になっているはずだと剣竜は言った。

「二十二ならもう一人前だ。どこかで達者にしているだろうよ」

「そうあってもらいたいものでごんす……」

「どこでどうしているか、まったく行方《ゆくえ》はわからねえのかい」

「はい……。ただ、江戸にいるのではないかと風の便りに聞きました」

「もしやそれで剣竜殿は大坂相撲から江戸へ……」

「お察しの通りで……」

江戸で名をあげれば粂三はいつか兄のことに気付き訪ねてくれるだろう。剣竜はそう思ったのだという。

粂三は剣竜にとってはただ一人、かけがえのない肉親なのである。

「泣き虫な男でごんした……」

剣竜が家を出る時、

「兄さん、行かねえでおくれよ……」

粂三は取りすがって泣きじゃくり、大人達を困らせた。

「おれが家を出るのは、おれが望んですることだから、哀《かな》しまねえでくれ……」

いつか立派な関取になるから、その時はお前にもいい思いをさせてやる。お前はいっぱい飯を食って大きくなって、兄さんを助けてお袋さまを大事にしてやってくれ……。

涙ながらに宥《なだ》める剣竜に粂三は噦《しゃく》り上げつつ別れ際に食べずにおいた蒸《ふか》し芋をくれた。

それはあまりにも侘びしくて哀しくて、そして温かい弟からの餞《はなむけ》だった。

剣竜が十五、粂三は十の冬であった。

「あの時の弟の健気《けなげ》な様子を思い出すと、今でも泣けてきて堪りませぬ……」

その五年後に粂三は故郷を捨てたと聞いた。

「わしを訪ねるにも、その頃のわしはまったく芽が出ぬ取的《とりてき》でごんした。それ故、粂三は、故郷を捨てたことが後ろめたくもあり、すっかりと姿をくらましたのでしょう」

「だが今では名代《なだい》の剣竜長五郎。江戸でも評判の相撲取だ。きっと弟は訪ねてくるさ」

情に脆《もろ》い竜蔵は例の如くもらい泣きを堪《こら》えて、努めて明るく、元気付けるように言った。

「もう江戸での噂を聞きつけて、もしやそれが兄さんではないかと気にかけているかもしれねえよ」

「そうでごんすかのう」

「ああ、きっとそうだ。芝神明の花相撲はきっと見に来るぜ。そうなりゃあ、やっぱりあの剣竜はおれの兄さんなのだとわかって、誇らしい気分になって訪ねずにはいられなくなるよ」

　剣竜は顔をきりりと引き締めて、

「きっと勝たねばなりませぬの……」

「剣竜殿が負けるはずはなかろう。そういうおれが稽古の邪魔をしているのはまことにもって心苦しいが……」

「何の、先生とこうして話をしていると、何やら気がゆったりとして、明日の力になるというものでごんす」

　剣竜に晴れやかな表情が戻った。

　竜蔵は少し照れ笑いを浮かべつつ――。

「ちょっと待てよ……。弟が二十二で五ツ下ってことは、剣竜殿はおれより二ツ下なのかい」

「そうでごんしたか。わしは先生の方がもっと歳が上かと思うておりましたが……」

「とんでもねえ、どう見たっておれの方が若造に見えるぜ。力士ってのはまったく歳がわからねえよな……」

「はッ、はッ、図体が大きいので、老けて見えるのでしょう」

豪快に笑う剣竜の姿形は、やはり二十七には見えなかった。

すっかりと打ちとけ合った剣客と力士――それでもやはり竜蔵は、剣竜とかつてここで出会い、どんな面倒をみたのかが思い出せないでいた。

どうしても思い出せない。その時のことを詳しく話してくれという言葉が何度も喉まで出かかったが、剣竜と打ちとけ合うにつれ、ひたすらに昔のことを恩義に想ってくれているこの愛すべき男に、自分の方は何も覚えていないとは、言い辛い。

剣竜の方はかつて世話になった竜蔵との再会を喜び、竜蔵の願い事も迷惑がらず、むしろ頼まれたことを意気に感じてくれているのだ。それだけに、

「何だ、わしのことを覚えてはいなかったのでごんすか……」

などという言葉を剣竜に言わせたくはない。

さらに昔の記憶に思いを馳《は》せ、今しばしの間はこのまま話を合わせておこうと竜蔵

は思ったのである。

そのような触れ合いがあり、竜蔵は剣竜との間にまた新たな友情を育《はぐく》みつつあった。

記憶が曖昧ですっきりはせぬが、十年程前に旅先で師の藤川弥司郎右衛門の供をしている折に出会ったとのこと。

いくつか覚えはある。

そのどれかにあてはめておけばよいのだとすぐに竜蔵の思いは至った。

受けた恩は忘れてならぬが、人に施したことはすぐに忘れてしまえというのは父母からの教えである。

〝いとう屋〟で二人、鰻を食べた次の日から、竜蔵は引き続き富士辰部屋へと通った。

どんな相手にも当たり負けをしない腰の据え方と、相手をのけぞらせる下からの攻め方を少しずつ会得し始めていた。

自然と通う足取りも軽くなる。ところが、通い出して七日目のことであった。

剣竜の様子に異変が表れた。

いつもなら竜蔵の姿を見かけると、もうその場で、

「ご苦労さまでごんす！」

と、地響きがするかのような低くて太い声をかけてくる剣竜が、ただにこやかに頷ぐだけで、めっきりと竜蔵に話しかけてくる回数が減った。

花相撲まで後何日もない。

己が稽古に身を入れることで、竜蔵などに毎日構っているわけにもいかぬのであろう。

そんな風に思っていたのだが、彼の精彩の無さは明らかで、剣竜らしからぬ体のきれの悪さが稽古中も続いた。

「疲れがたまってきたのだろう……」

部屋の親方もこれを気にして、その日は早々に稽古を切り上げさせたのであるが、翌日になって幾分体のきれは戻ったものの、何か〝迷い〟を剣竜が抱えているのは竜蔵の目に明らかであった。

剣術に励む者にもよくあることだ。

道場の外で悩み事を抱え、心に迷いを生じて俄《にわか》に調子を落とした剣士を竜蔵は何人も見てきた。

本来ならば稽古に精を出すことで雑念を払い、忘れねばならないものであるが、人の心というものはそのように簡単ではない。

屈託という魔の囁きは時と場を選ばず心の内に突如聞こえてくる。

無論、竜蔵にも覚えはある。

父・虎蔵があろうことか河豚《ふぐ》の毒にあたって大坂で客死したと聞いた時などはひどかった。剣術に身が入らぬどころか、盛り場悪所に浸って稽古そっちのけで遊び呆《ほう》けたことさえあった。

武芸は己を突きつめる道である。

生と死の間に立って〝無〟の中に身を置いてこそ相手が見えてくる。

生が勝っても死が勝ってもいけない。

だが人は哀しいことに生が勝つ。当り前である。元より人間は命をまっとうすることを義務として現世に送ってこられたのだ。

生きるためには最低限の欲を充《み》たすことと、希望が求められる。

欲は自分に帰結するが、希望は自分以外の者にこうあってもらいたいという願いも内包する。人に対する想いや心配事は、屈託の中でも一番性質《たち》の悪いものだ。

相撲の道とて同じことであろう。

剣竜ほどの力士ならば己が欲を克己《こっき》できぬはずはなかろう。

竜蔵は理論ではなく、武芸に生きてきた直感で、剣竜が人を思いやり、これを憂《うれ》うという、性質の悪い屈託を抱えているのではないかと見てとった。

「剣竜殿は昨日は直《す》ぐに下屋敷の住まいに戻ったのかい」

竜蔵は稽古の間を見計らって、いつも剣竜に付いている長吉《ちょうきち》という取的にそっと尋ねてみた。

「へい、すぐにお帰りなされましたが……」

竜蔵が尋ねた意味が長吉なりに読めたのであろう。何か言いたげな返答であった。

「おぬしはどう思う。剣竜殿は何か気を病んではおらぬか」

「へい。親方も気を揉《も》んでいるようでごんす」

剣竜はというと、少しばかり夏風邪《かぜ》をひいたようだが何事もないと言っていた。

竜蔵も剣竜からそう聞かされていたのであるが、

「どうも昨日の朝、おかしな野郎と喋ってから様子が変わったような……」

長吉は重い口を開いた。

昨日の朝のこと。

部屋の裏手の井戸端で、気合を入れんと頭から水をかぶった剣竜が、生垣の向こうから何者かと言葉を交わしていたというのだ。

長吉が浴衣を預かり、手拭《てぬぐ》いを取りにいった少しの間のことであった。

長吉には何を話していたかはわからなかったし、剣竜は通りがかりの見知らぬ男から声援をもらったのだと言ったが、明らかにそこから剣竜の様子がおかしくなったと言うのだ。

「若い男か……」

「いえ、四十がらみの何やら嫌な野郎で……」

生き別れている粂三なる弟が訪ねてきたのかと思ったのだが、どうやらそうではないらしい。

剣竜が通りがかりに声援を送られたのだと言う限り、それを問い詰めることもできない。

だが竜蔵にはどうにも長吉の話が気になった。そうすると持ち前のお節介が胸の内でもたげてくる。

剣竜は竜蔵に昔の恩義を返しているつもりであるのだろうが、花相撲も近いというのに稽古をつけてくれた恩を、今度は自分が返さねばならないと、竜蔵の方でも思っていたのだ。

「剣竜殿、この前の鰻のお礼をさせてもらいてえんだが、どうだい、天ぷらでも食いに行かねえかい」

帰りに誘ってみたが、

「これはありがたいが、生憎これから用がごんしてな。峡先生、どうかお気遣いは御無用に。相撲取なんぞにうっかりと馳走《ちそう》するなどと言わぬことです。御身上《ごしんしょう》が傾きますぞ。はッ、はッ、はッ……」

剣竜は精一杯の笑顔を見せて、これを丁重に断った。

「用があるなら仕方がないな。また今度一杯付き合ってくれ。いや、確かに相撲取を奢《おご》ろうなど、身の程知らずだな。はッ、はッ……」

努めて明るく返した竜蔵であったが、これから用があるという言葉がひっかかった。

さりげなく長吉に尋ねると、長吉が供をする予定はないという。

贔屓に呼ばれているが一人で出向く故、ついて来るには及ばないとのことだが、剣竜がただ一人で出かけるというのは何か理由があるのに違いない……。

「旦那、やってますね……」

あれこれ考えながら、体についた土を井戸の水で洗い落とし、武士の姿に戻った竜蔵に声をかけてきたのは、香具師《やし》の元締・浜の清兵衛の若い衆で、芝神明の見世物小屋〝濱清〟に勤める、安である。部屋の贔屓に紛れて見ていたようだ。

「何だ、お前来ていたのかい」

「芝神明の花相撲にはうちの親方も一丁嚙んでおりやすから、剣竜長五郎の様子を見に来たってところで……」

安はそう言って笑ったが、剣竜を見に来たというより、それに託《かこつ》けて剣竜に押し相撲を習う竜蔵の様子を見に来たのは明らかであった。

常磐津の師匠・お才も密かに見学を望んだが、

「女が相撲の稽古なんか見るんじゃねえや。おれの尻を見に来やがったら、ただじゃおかねえぞ……」

と、これを拒んできたし、竹中庄太夫、神森新吾、網結の半次のためには、留守中二十歳年上の剣友・桑野益五郎に剣術指南に来てもらっている。

心おきなく芝から離れて押しの稽古をしに来ているのだが、芝三田界隈ではあの喧《けん》嘩《か》たれ峡竜蔵が剣竜長五郎の知己《ちき》であるという噂は相当広まっているようだ。

「旦那、いい尻してましたぜ」

「馬鹿野郎、お才に聞きやがったな」

「悔しいから代わりに見てきてくれと師匠に言われましてね」

「おれの尻をか」

「相撲ですよ。ヘッ、ヘッ、剣竜長五郎、大した力士ですねえ、茶碗を片手で握り潰《つぶ》したことがあるとか」

「茶碗がどうした。おれなんか擂鉢《すりばち》をな……」

「割ったんですかい？」

「ああ落としてな……」

「そんなことだろうと思いましたよ……」

「安、ちょうどよかった。お前に頼みてえことがあるんだがな」

竜蔵は安と喋るうちにふっと閃《ひらめ》いた。

「へい、他ならぬ旦那のことだ。何でも言ってやっておくんなせえやし」

「そうかい、すまねえな。まあ取り越し苦労だといいんだが……」

竜蔵は安を相撲部屋の裏手へそっと誘《いざな》った――。

四

翌朝――。

峡竜蔵は早くから芝神明の見世物小屋〝濱清〟の仕切り場に出かけ安と会った。安の傍には清兵衛もいる。部屋には三人だけだ。

「旦那、瓢簞から駒が出ましたぜ……」

安が低い声で言った。

昨日、竜蔵が安に頼んだのは、そっと剣竜長五郎の後をつけることであった。

いつも剣竜に付いている取的の長吉が、四十がらみの嫌な野郎と喋ってから剣竜の様子がおかしくなったような気がすると言った。

その上に、ただ一人で贔屓に会いに行くという剣竜の行動にも疑問が残った。

そこへ、おあつらえ向きに安が現れた。余計なことかと思いつつ頼まずにはいられなかったのだ。

「仙台堀に屋根船が待っておりやした。人気力士ともなると顔がさしやすからねえ」

剣竜は一人船に乗ると、船は仙台堀を東へ、横川へ出て北へと進んだ。

「大川へ出られたら厄介でしたが、船はゆっくりと猿江町の船宿へ着きやしたので、何とか追いかけることができやした」

そこで剣竜は何者かと会っていたという。

「それが、ました屋与平《やよへい》という男で……」

安がその名を口にすると、横で清兵衛が苦い顔をした。

「どんな野郎なんだい」

竜蔵が尋ねると、そこからは清兵衛が答えた。

「表向きは本所入江町に店を出す〝ました屋〟という料理屋の主人でごぜえやすが、これがとんでもねえ男でございましてね……」

清兵衛の話では与平は根っからの極道者で、木場《きば》の材木商の旦那連中に取り入り、賭場《どば》への出入りや、それにまつわる揉め事の整理などで顔を広げていた。

「金のためなら平気で人殺しもするような野郎でしてね。あっしらの仲間内じゃあ何とかしなくちゃあならねえと、声が出始めておりやす」

与平は用心棒代わりに、三ツ目通りに住む、二百石取りの旗本・芦原権之助《あしはらごんのすけ》を巧みに操っているらしい。

芦原は神道無念流《しんとうむねんりゅう》を修めた剣豪であるが、その素行は甚《はなは》だ悪く、元より小身《しょうしん》の芦原家は権之助の代で滅んでしまうのではないかと言われている。しかし当の芦原にとっては儲《もう》け話を運んでくれる与平はありがたい存在なのであろう。

こんな二人が手を取り合うのだ、ろくなことが生まれない。

破落戸《ならずもの》でも芦原は時と場合によっては無礼討ちとて許される、天下の御直参《ごじきさん》である。

真に性質の悪い一群ができたとしか言いようがない。

「さすがは親方だ。知らねえことはねえってわけだ」

「蛇《じゃ》の道は蛇《へび》でございますよ」

「そんな野郎と剣竜が会っていたとは穏やかじゃねえな」

「へい。まったく穏やかじゃござんせん。与平が取り入っている材木商の〝瑞穂屋《みずほや》〟は、〝嵐谷岩太郎《あらしだにいわたろう》〟という今売り出し中の力士を贔屓にしているとか言いやす」

「嵐谷岩太郎……」

「今度の花相撲で、剣竜長五郎と取り組む相手でごぜえやす……」


その日の夕刻。

剣竜長五郎は稽古を終えると、昨日と同じように、そそくさと相撲部屋を出て仙台堀から船に乗り、猿江町の船宿へと入った。

いつものように峡竜蔵は稽古に現れたが、所用があるとかで、今日はすぐに切り上げて帰った。
四、五日は来られないと言う。
それがありがたかった。今の剣竜にとって、真っ直ぐで汚れを知らぬ峡竜蔵に嘘をつくことは何よりも胸が痛いのだ。

猿江町の船宿には贔屓に会いに行くのではない。

やっとのことで消息が知れた弟・粂三の命請《いのちご》いに行くのである。

一昨日の朝、富士辰部屋裏手の井戸端で、生け垣越しに声をかけてきたのは、ました屋与平という侠客《きょうかく》であった。

弟・粂三のことで話がある。命に関わることなので、必ずただ一人で来てもらいたい。そう言われたのである。

弟の命に関わると言われ、まるで身が入らなかった稽古後——剣竜は言われるがまま迎えの船に乗って、船宿で与平と密談をした。

与平の話によると、粂三は与平の許で厄介になっているという。堅気《かたぎ》の暮らしとはいえぬが、達者に暮らしているそうだ。

ところが粂三は先頃大変な不始末をしでかした。

旗本・芦原権之助の妻女と密通に及び、これを芦原に見咎《みとが》められたというのだ。

与平は時折、芦原屋敷で賭場を開かせてもらっていて、芦原とは持ちつ持たれつの関係である。

御開帳の折には粂三も賭場を手伝い、芦原屋敷に出入りしていた。そのうちに芦原の妻女が色白で顔立ちの好い粂三を憎からず思うようになったようなのだ。

「まあ、悪いのは粂三ばかりではありませんが、あちらも御旗本の面目というものがありやすからねえ……」

二つに重ねて四つに斬ってやると息まいているのだと与平は言った。

「それでまあ、機嫌を取り結ぶのはどうしたらいいか考えるうち、芦原様が相撲好きだということを思い出しましてね、仕方なく条三が剣竜長五郎の弟だってことを持ち出してしまったわけで」

芦原はそれを聞くと、とにかく剣竜を自分の前に連れて来い。それまで条三の命は取らぬと言ったそうな。

「条三は、このわしのことを知っていたのでごんすか」

「ええ、評判を聞いてお前さんの姿をそっと見に行ったら、兄さんだってことがわかったそうですよ」

しかし、やくざな暮らしをしている我が身が堂々と名乗り出ることは憚《はばか》られた。それでもすぐに大関にまで昇りつめようという剣竜の評判を聞いたら、つい誇らしくなって、兄貴分の雲太郎《くもたろう》と与平には打ち明けたのだ。

「あっしも雲太郎も条三の気持ちを汲《く》んで、このことは誰にも言っておりやせんでしたが、こうともなれば仕方なく……。とにかく剣竜さんのお耳に入れておこうと思いやして、そっと訪ねてきたってわけで……」

剣竜がこれを放っておけるわけはない。

やくざ者ではあるが、与平の話口調には情があるように思われた。芦原という旗本に会わせ
とにかく明日、もう一度ここへ来て弟を何とか助けたい。芦原という旗本に会わせてもらえないかと願った。

そして今、船は猿江町の船宿に向かっている。

――粂三、生きていてくれたか。

貧しい村をとび出した粂三の気持ちはわかる。

真っ当な道を歩めなかったことも仕方がなかろう。自分とて相撲取になれなかったら、どうなっていたことかしれない。

旗本の妻女と通じたというが、屋敷に賭場を開いて博奕《ばくち》打ちの上前《うわまえ》をはねているような侍のことだ。むしろ粂三が運悪く性悪《しょうわる》女に言い寄られたのに違いない。

何よりも、今の自分の身の上を恥じて、名乗り出て来なかったという粂三の心根が嬉しい。

別れ際に蒸し芋をくれたあの日の弟の優しさは何も変わっていないのに違いない。

弟に会いたい。そして何としてでも守ってやりたい……。

逸る気持ちを抑えて、船宿に着いた頃には陽もすっかりと暮れていた。

薄暗い一間に通されると、そこにはました屋与平と、芦原権之助と思《おぼ》しき肩幅の広

いやさぐれた侍が既に到着していた。

そして、この二人の間に挟まれた恰好《かっこう》で、体を小さくしている若い衆が一人――。

「粂三……！」

興奮して思わず太い声を響かせた剣竜を見て、粂三は一瞬懐かしそうな表情を浮かべたが、すぐに目を伏せた。

「粂三、会いたかったぞ。会えて嬉しいぞ……」

剣竜は思わず声を詰まらせた。粂三の色白の顔が別れた時の面影そのままであったからだ。

「どうして来たんだよう……。おれのことなど、放っておけばよかったんだ……」

しかし、粂三は拗《す》ねた表情を崩さず、目を合わせようとはしなかった。面目の無さを素直に詫びることができないのであろう……。そう思うと剣竜には不憫《ふびん》が募った。

「剣竜長五郎でごんす。話はその親分から聞きました。何卒《なにとぞ》、何卒、弟を許してやって下さりませ」

剣竜はすぐに芦原に向き直って頭を下げた。

「ほう、お前が剣竜長五郎か、いや、聞きしに勝《まさ》る面構《つらがま》えじゃのう」

芦原は剣竜を一目見るや、意外にも穏やかな口調で声をかけた。

「剣竜、おれも困っているのだよ。与平とは持ちつ持たれつの間柄だ。その若い衆を殺したくはない。粂三がお前の弟と知れば尚更《なおさら》だ。おれの奥も下らねえ女だから、あの女《あま》の方が粂三を誘ったのに違《ちげ》えねえ。聞けば粂三は今評判の剣竜長五郎の弟だというじゃねえか。おれも相撲好きだ。命ばかりは助けてやりてえが、一旦振り上げた拳《こぶし》をそうはた易《やす》く下ろせねえ……」

「お殿様は、何をお望みにござりましょう」

剣竜は身を低くして尋ねた。

粂三は何とも情無い表情で十二年ぶりに会う兄を見た。強がってふて腐れていても、立派な力士となった兄に、ただ厄介をかける身の不甲斐無さをその目は嘆いているように見える。

何も言うな、兄さんに任せておけ。十二年分の世話をしてやる——。剣竜はそんな粂三に優しく目で語りかけた。

哀れな兄弟の様子を横目で見ながら、芦原は不敵な笑みを浮かべている。

「不躾《ぶしつけ》ではごんすが、金で済むことなら何としても御用意致しますでごんす……」

剣竜は続けて伺いを立てた。

「金など要らぬ」

「金は要らぬ……。では何としてお詫び致せばようごんすか」

「程なく取り行われる花相撲で、嵐谷岩太郎を勝たせてやってくれ」

「何と……」

剣竜の顔から血の気が引いた。

「ちょっと待っておくんなせえ！　そいつはあんまり汚ねえや……」

「黙れ！」

慌ててまくしたてる粂三を一喝すると、芦原は鋭い目を剣竜に向けて、傍の大刀を抜き放つやその白刃を粂三の首筋に当てた。

「さあ剣竜、返答しろい。お前が勝ちをふらぬと言うなら、こ奴はどうなってもいいと言うことだ。この場で成敗してくれよう」

凄《すご》まれて粂三の声も止まった。

「嵐谷にはちょっとした義理があってな。どうしても勝たせてやりてえんだ。一度だけだ。一度だけ土俵を割ってくれたら、お前のかわいい弟は傷ひとつつけずに返してやる。相撲を取っていりゃあ、勝つことも負けることもあらあな……」

「う～む……」

剣竜は己が膝《ひざ》を握りしめて少しの間唸《うな》ったが、やがて仕方なくがっくりと頷いた。

芦原はニヤリと笑うと刀を納めた。

「汚ねえや……。おれはただ奥方様に酒を飲まされて、ふと気が付いたら奥方様がおれに覆いかぶさっていて……、おれは密通などした覚えはねえんだ……」

馴れ合いの相撲を剣竜が承諾した途端、粂三は無念を滲ませくどくどと訴えた。

「何も言うな。お前とまた、兄弟仲良く暮らせるなら、わしは相撲をやめたとてよい……」

「ここへ来ることなんかなかったんだ……。なかったんだ……」

貧しさ故に相撲の道を歩んだ剣竜と、やくざな暮らしに明け暮れた粂三の、何と皮肉な再会であろうか。

その愁嘆場をほくそ笑んで見ているのは、芦原権之助とました屋与平――粂三はこの二人に陥《おとし》いれられたのであろうか。

その成り行きを、四人がいる離れ座敷の格子窓の外から、息を殺して窺《うかが》っている男の影があった。

船宿の庭に忍び込み、植込みの蔭に隠れ、外壁に張りつくようにして聞いているのは、浜の清兵衛の乾分《こぶん》・安である。

物心がついた時には親もなく、盗《ぬす》っ人《と》の中で過ごしたこともある。昔取った杵柄《きねづか》で忍び込みには長《た》けていた。

昨日は剣竜の後をつけ、与平の姿を見た。

船宿から出て来た剣竜の様子を見るに、あの外道の与平が何か悪巧みをしているに違いないと、昨日の内から船宿の様子を探り、今日はまんまと忍びこんだ安であった。

船宿の外には、船着き場の様子を岸辺に立つ物置小屋の蔭から見守っている竜蔵と浜の清兵衛の姿があった。

五

それから数日の間。

浜の清兵衛は動いた。

間もなく催される花相撲は清兵衛の縄張り内でのこと。ました屋与平如き、本所の破落戸《ごろつき》にいかさまを仕掛けられては黙っていられない。

どうせ悪党共は力士の勝敗に賭《か》け金を動かしている。嵐谷岩太郎の贔屓から金を引っ張った上に、世情で囁かれている〝剣竜長五郎優勢〟をいいことに、番狂わせで一儲け企んでいるに違いないのだ。

しかし、探りを入れるに、剣竜のただ一人の肉親である弟・粂三が凶悪な旗本・芦原権之助の虜《とりこ》になっていることがわかったのである。迂闊《うかつ》なことはできない。

「まったく頭にきますぜ……」

安が奥歯を嚙みしめれば、

「粂三は芦原の屋敷内に押し込められておりやす……」

清兵衛が溜息《ためいき》をついた。

この日、竜蔵は芝神明参道の休み処《どころ》〝あまのや〟の離れにいて、二人からの報せを聞いていた。

あれから富士辰部屋へも、豊津家下屋敷へも顔を出さず、相撲稽古は中断している。

「粂三は本当に芦原の奥方と密通したのかい」

「でっちあげでございますよ」

清兵衛が苦々しく吐き捨てた。

そもそも何年も前に、芦原の妻女は夫に見切りをつけて実家に戻っている。

その時に女中は叩き出し、芦原屋敷には凶悪さが買われて邸内を仕切る、折助《おりすけ》の三《さん》平《ぺい》しかいなくなった。

「それから屋敷にはおもんという盛り場の酌取り女が出入りしておりやしたから、こいつが俄の御側室になって、粂三をはめたんでしょう」

賭場で出入りしている粂三を三平が別間に連れ出す。そこへ〝おもんの方《かた》〟がやって来て、怪しい薬の入った酒を飲ませてのしかかったところへ芦原が入って来る――。

美人局《つつもたせ》にあったのであろうと清兵衛は言う。

郷里を出て江戸へ来た粂三は、日雇いの車力《しゃりき》などをして食いつないだが、そのうちに仲間内の喧嘩の仲裁をしたことで、腕っ節の好さを認められて賭場の手伝いなどに声をかけられるようになった。

そこで、雲太郎という博徒の世話になるのだが、一見人あたりがよく面倒見の好いこの男に粂三は心を許したようだ。思わず剣竜長五郎が兄であることを口走ってしまったのであろう。

ところがこの雲太郎は、ました屋与平の弟分で、金になりそうなことなら何でもやらかす筋金入りの悪党である。

早速この話を与平に告げた。与平が剣竜の対戦相手と決まった嵐谷岩太郎の贔屓筋に出入りしていることを知った上でのことに違いない。

「なるほど、与平は粂三をそこからさも手前の身内のように取り込んで、芦原と組んで一杯食わせやがったんだな」

竜蔵は唸った。

浜の清兵衛が安を始め身内を動員して調べあげた話を聞くに、連中の悪巧みは手にとるようにわかってくる。

町方役人が立ち入れない、旗本屋敷内での賭場のことなど、本所の香具師仲間などを通じて収集するその力は大したものだ。

腕利きの目明《めあ》かし、網結の半次でもこうはいくまい。

「それで側室〝おもんの方〟はどうしているんだ」

「死にました……」

「死んだ？」

清兵衛を見る竜蔵の目に鋭さが増した。

側室役を解かれて、いつもの夜の帰り道――横川端で辻斬りに遭ったという。

「芦原の仕業に違いありやせん。このところ、おもんが女房面しやがるからいけねえと、芦原は憎々しげに言っておりやしたそうで、芝居とはいえ条三に色目を使ったのが気に入らなかったんでしょう。後腐れの無《ね》えように口を封じたってところじゃあねえでしょうかねえ」

「そうかい……」

竜蔵の目にめらめらと怒りの炎が燃えさかるのが、清兵衛と安にはわかった。

こういう時の峡竜蔵は恐ろしい。

「芦原の屋敷には誰が居る……」

「へい、芦原の他に折助の三平、それに与平と雲太郎が詰めて粂三を見張っているようで」

「そうかい、二百石取りの旗本も侘びしいもんだなあ。御上から禄《ろく》を賜《たまわ》り、屋敷を賜り、そこで悪業三昧《ざんまい》とは、いつか天罰が下るってもんだ。そうじゃあねえかい……」

「天罰……で、ごぜえやすかい。へい、そうこなくっちゃあいけませんや」

次第に凄みを増す竜蔵の声に、清兵衛と安は神妙に頷いた。この人はまた無茶をやらかすのではないかと思いながら、その無茶にとことん付き合うつもりの二人であった。

花相撲はいよいよ明日である。

これからの刻《とき》を剣竜と粂三はどれほど絶望の想いで過ごすことか……。

兄弟を切に想う竜蔵の心身に天上の怒れる神がたちまち降臨した――。

果して哀れなる粂三は芦原屋敷の仏間に監禁されていた。両手の自由はきくが足に鎖錠をはめられている。

時は刻々と過ぎ夜となり隣の一間では、芦原と与平、三平、雲太郎が気楽に酒盛りを始めた。

与平と雲太郎に騙《だま》されたと、粂三は今さらながらに思った。

「与平の兄ィは博奕打ちだが、〝ました屋〟という料理屋の立派な主だ。お前もそのうち目が出たら、何か店の一軒持てばいい。そうすりゃあ晴れて関取となった兄貴と大手を振って御対面とならあな……」

雲太郎は粂三にこう言って、与平の許で働くことを勧めた。

雲太郎がそっと剣竜を富士辰部屋に見に行ったのは、剣竜が嵐谷の対戦相手であったからだ。

与平の弟分として、嵐谷の贔屓である〝瑞穂屋〟に出入りしている雲太郎にとっては、敵情視察のつもりであった。相撲と聞くとつい兄の姿を求めてしまう粂三は、そんなことを知る由《よし》もなくこれに付き従って、剣竜の姿を見た途端に動揺し、その様子を訝《いぶか》しんだ雲太郎に問い詰められ打ち明けたのがいけなかった。

悪党の勘でこれは金になると判断した雲太郎はすぐにこの事実を与平に伝え、与平は親切ごかしに粂三の面倒を見始め、そしてあの〝密通事件〟が起こったのだ。

「身内の不始末はおれも償わねえといけねえ……」

与平はそう言ってこの屋敷に詰め、芦原と共に粂三を監禁しているのだが、すべては与平の企み事ではなかったのか……。

駆け出しの粂三にもやっとそのことが飲みこめてきた。

いっそ舌を嚙んで死んでしまいたい思いであったが、粂三の死が剣竜に伝わらぬ限り、剣竜が明日の取組に勝つことはないであろう。あの日。船宿で再会した折は、素直になれずに、ふて腐れた態度をとったものの、粂三がただ一人の肉親である兄を想いやらぬはずはなかった。

「粂三、そうしけた面ァするんじゃねえや」

隣の部屋から雲太郎が顔を覗かせた。

「この先、長《なげ》え付き合いといこうじゃねえか」

嘲笑《あざわら》う男達の声が響いた。

「うちの殿様の御妻女と通じたんだ。そうた易く罪から逃れられるわけはねえやな……」

追従笑《ついしょう》いを放つ三平の声が聞こえた。

一度の馴れ合い相撲と言いながら、こ奴らはこの先ずっと粂三と剣竜に付きまとうつもりなのであろう。

――いや、こんな奴らの悪巧みがずっと続くはずはない。

そう己に言い聞かせ、天に祈った時――。

人通りの絶えたこの屋敷の表の道に二つの人影が現れたかと思うと、そのひとつがもうひとつの肩にひょいと足をかけると、たちまちの内に跳躍よろしく塀の向こうに消えた。

一瞬のこの出来事をたとえ人が見ていたとしても、あまりの早業に幻を見たと思うであろう。まさしく天から神が降りてきたと――。

屋敷内に消えたその天の神は、頬隠しの頭巾《ずきん》に顔を覆い、金剛力士の如き筋骨隆々たる体軀《たいく》をもって、悠然と邸内に足を踏み入れた。

目指す所はただひとつ。

人の皮をかぶった鬼どもの宴の場――。

天の神はその場へいきなりぬっと現れた。

余りにも突然のことに、今何が起きているか理解できずに鬼共はぽかんとして一瞬、この闖入者《ちんにゅうしゃ》を見たが、その手に引っさげられた大刀の抜身を認めて、

「な、何だ手前《てめえ》は……」

と、口々に叫ぼうとしたのであるが、叫び終わらぬうちにその白刃は、傍に置いた

大刀を手に腰を浮かせた芦原に向かって投げつけられ、投げたと思えば腰の小刀を抜き放った天の神が、ただ三太刀で、与平、雲太郎、三平を撫《な》で斬りにした。

三人が倒れた時には投げつけられた白刃は芦原の腹に深々と突き刺さっていた。

「うむ……ッ」

天の神は無言で芦原の腹から大刀を引き抜いた。悶絶《もんぜつ》する芦原は背を向け、それでも廊下に出ようとしたが、天の神は与平が抜こうとして抜けず傍に落としていた匕首を拾い上げ、これを抜くと止《とど》めを刺した。

仏間に居る捕われの身の粂三は、隣室で酒盛りをしていた四人の異変を察知した。

――な、何事が起こったのだ。

すると、いきなり隣室の襖戸《ふすまど》が開け放たれて、四人が手に手に得物《えもの》を持ち、血まみれになって倒れている様子が明らかとなった。

そして、頬隠しの頭巾に顔が覆われた一人の男が立っていた。

「あ、あ……」

粂三は恐怖に声が出なかった。

頭巾の男は布ごしの曇った声で――、

「こ奴らは仲間割れを起こして死に絶えた。すべては天罰だ。お前は心根が腐ってはおらぬようだ。それ故天も許してくれようが、どのような境遇に育ったとて、いついかなる時も真っ当な道を踏み外すな。お前とて肉親があろう。この様となってその肉親を哀しませるではない。わかったな」

粂三はやはり声が出なかったが、二度とやくざな道に足を踏み入れまいと心から誓い、しっかりと頷いた。

「そして、ここに居たことも見たこともすべて忘れてしまえ」

粂三はもう一度しっかりと頷いた。

男の頭巾の下から覗く目は優しく笑っているように見えた。

「よし、ならば少しの間辛抱致せ……」

男の声が終わらぬうちに、粂三は当て身を喰らって、幻の彼方《かなた》へしばし旅立った。

あっという間に鬼を退治したこの頭巾の天の神は峡竜蔵である。

「もう少しの辛抱だ。世間は薄情にもお前を叩きに叩いたが、これからは本当に幸せな暮らしを送れるぜ……」

後は鎖錠の鍵を捜し、粂三を抱えて出るだけだ、竪《たて》川辺には安が操る船が待っている。

六

眠れぬまま朝を迎えた。

「今日の一番を終えたら、お殿様に頭を下げ、お抱え力士の座を返上しよう……」

剣竜長五郎はそう思い定めた。

余程、留守居役、丸山蔵人に相談しようかとも思った。

しかし相手は小身とはいえ直参旗本。外様《とざま》の小大名何するものぞという旗本達がおもしろがって芦原に加勢するようなことがあればややこしいことになる。

そもそも五万石の身上でお抱え力士を持つなど、驕奢《きょうしゃ》に過ぎると思っている家中の士もいるはずだ。

迷惑をかけるなら、嵐谷に勝ちを譲って退身する方が御家のためでもある。

「だが、連中は素直に粂三を引き渡してくれるであろうか……」

決心を固めたものの、そこのところが引っかかって仕方がない。

ふっと剣竜の脳裏に峡竜蔵の顔が浮かんだ。

このところ稽古に顔を見せないが、今日の花相撲には見物に来るのであろうか。

かつての厚情に応えて押し相撲の極意を教える自分が、不様に負ける姿を見られたくはない。

豊津侯への申し訳無さもさることながら、せっかく友と呼べる男ができたのに、その友情に応えることができない哀しさがこみあげる……。

「剣竜殿……、直心影流の峡先生がお見えでござるが……」

身仕度を整えたところに、門番が剣竜の意中を察したかのような峡竜蔵の来訪を報せた。

「このような朝早くに先生が……」

戸惑う剣竜の前に、竜蔵はすべての暗雲を吹きとばす烈風の如く現れた。

「いやいや剣竜殿、おぬしとおれとはよほど縁があるようだ。驚くなかれ、おぬしが誰よりも会いたい人とばったり出会《でお》うてな。ほれ、これへお連れ致したぞ」

会うや否や、竜蔵は何日ぶりかの間を感じさせない勢いでまくし立てると、同道した若者をまず引き合わせた。

「粂三……」

「兄さん……」

連れてきた若者は他ならぬ粂三であった。狐につままれたような想いは粂三も同じで、思いがけぬ再会に言葉も出ずに、兄弟はただぽかんとして見合うばかりである。

竜蔵は喋り続ける――。

「それにしても、こんなことがあるのだな。昨夜は剣竜殿の勝ちを信じて深川で前祝いをしていたのだ。それで一人となって帰ろうかと店の外へ出たら、堀端で若い衆が一人寝てしまっているではないか。これ、こんな所で寝るのはよせと起こしてみたら、これが何とおぬしの弟であったというわけだ。そうだな」

「は、はい……」

竜蔵に肩を叩かれて、思わず粂三は頷いた。

あの屋敷での惨劇の後、恐ろしいがどこか優しげな風を漂わせる頭巾の男に、この場のことは忘れてしまえと言われ、真っ当な道を生きろと諭《さと》された……。

その後のことは覚えていない。

気がつくと何故《なぜ》か堀端に居て、横に峡竜蔵という剣客がいて、大方酒に酔って喧嘩でもして、ここへ逃げて来たのはよいがそのまま眠ってしまったのであろうと、矢継ぎ早に言われて、今のように思わず頷いた。

するとこの剣客――自分は剣竜長五郎の友達で、明日の花相撲には剣竜を豊津家の下屋敷にまで迎えに行って一緒に出かけるのだと、自慢気に話し始めたではないか。

粂三は兄に自分の無事な姿を見せたい一心――。

自分こそが剣竜長五郎と生き別れになっている弟である。何としても兄に会いたいので同道させてくれと頼んだ。

峡竜蔵は大喜びでこれを引き受け、下屋敷はこの近くだ。今宵は一緒に飲み明かし、そのまま迎えに行こうじゃないかということになったのだ。

そうして、峡竜蔵は剣竜が弟の粂三にどれ程会いたがっているかを説き、粂三はやくざな道に片足を突っ込んでしまったことを今どれほど悔やんでいるかを吶々《とつとつ》と語りつつ朝を迎えたのである。

「まあそんなところだ。剣竜殿、弟とて色々あったのであろう、ちょっとばかりぐれたことは堪忍してやんな。粂三、お前もこの先は下らねえ博奕打ちや、破落戸《ならずもの》の旗本なんかには気をつけるんだぜ」

竜蔵は話の手を緩めずに尚も兄弟の顔を交互に見ながら、今度は声を潜めて、

「こいつはここだけの話だが、芦原権之助という旗本が、ました屋与平だとかいうやくざ者と仲間割れを起こして互《たげ》えの乾分《こぶん》共々に死んじまったそうだ……」

剣竜ははっとして粂三を見た。

粂三は兄に、そういうことなのだと頷き返すと、

「先生はどうしてそんなことを知っているのです……」

「お前が居眠りをしている時に、おれの仲間内の者が通りがかりに教えてくれたのさ。悪い奴だったって言うから、きっと天から降りてきた神様に天罰を下されたんだろうな。お前も気をつけるんだぜ……」

竜蔵は神妙な顔をして答えた。

――そうか、そういうことだったのか。

粂三は峡竜蔵こそがあの頭巾の男であったのだと確信した。頭巾の下から発せられる声は曇っていたし、あっという間に隣室にいた四人が斬り捨てられている様子を見た極度の興奮から、今までそれに気付かなかった自分が滑稽《こっけい》であった。

「天から降りて来た神様というのは峡先生のことではごんせぬか……」

剣竜も、この数日間突然稽古に来なくなった峡竜蔵の真意を確信して、つくづくと感動の目を向けた。自分の想像が本当なら、何と無茶な男であろう――。

「おいおい、戯れ言にしたってそんな恐ろしいことを言ってくれるな。おれはただ通りがかりに剣竜殿の弟を見つけただけさ。はッ、はッ、何だかおればかりが喋っているようだ。まずは心おきなく再会を懐かしむがいいや」

竜蔵は笑いとばしたが、剣竜は決然として、

「いや、積もる話をする前に、まずわしは嵐谷岩太郎との取組に勝たねばならぬ……。

粂三、お前があの日わしに蒸し芋をくれた後の話はそれからゆっくり聞かせてくれ……」

「兄さん……。あの蒸し芋のことを……」

「ああ、覚えているとも、あの日相撲巡業の一行に引き取られ、一人になった寂しさをお前の優しい気持ちがどれ程慰めてくれたことか……。」

「すまない……。すまなかった！　おれのために勝ちを譲ろうとまでしてくれた兄さんに、おれは……おれはふて腐れてばかりいた……」

粂三もまた、あの日の蒸し芋のことを忘れてはいなかった。

やっと果せた、大好きであった兄との再会に、今粂三は十歳の時の少年の目に戻って泣きじゃくるのであった。

目を細めて、そんな粂三の様子に何度も頷く剣竜であったが、

「よし、わしは負けぬぞ！」

やがてそう言い放つと両の手の平で顔をパンパンとはたいて、その場でシコを踏んだ。

その姿を見て、

――思い出した！

竜蔵の脳裏に、剣竜長五郎と出会った時の記憶がありありと蘇《よみがえ》ってきた。

――あれは藤川先生の供をして上州へ旅に出た道中のことだった。

八王子で師と投宿した折のこと。夕餉《ゆうげ》の前の体慣らしに裏手の空き地で抜刀の稽古をしようと出てみると、地蔵堂の脇で行き倒れている若い男を見つけた。

男は仁兵衛《にへえ》という取的で、相撲の筋がいいと、親方から目をかけられたことを兄弟子《あにでし》達に妬《ねた》まれて、あれこれ他人の不始末をなすりつけられた挙げ句に、とうとう巡業先で追い出されたらしい。

「もう三日、水しか飲んでいねえ……」

話を聞けば口減らしで家を出た憐《あわ》れな身の上――何か食わせてやりたいが竜蔵とて懐寂しい内弟子の身の上である。

思いついたのは、自分の夕餉を食わせてやること。

「ちと腹具合が悪いようにござりますれば、もう少し後で頂きまする……」

そう言って自分の分は台所に置いてもらって、後で裏手へそっと運んで食べさせてやった。

仁兵衛は泣きながら、

「ありがてえ……。わし、こんな親切に出会《でお》うたのは初めてじゃ……。ありがてえ……」

礼を言っては食べ、食べては泣いて礼を言う。

「こら、ゆっくり食べぬと体に毒だぞ……」

同じ年頃の男が、これほどの不幸に喘《あえ》いでいる――。竜蔵はいたたまれずに世話を焼いてやる。

仁兵衛はいつか立派な関取になってみせる。その時は竜蔵さんもきっと一廉《ひとかど》のやっとうの先生になっていることだろうが、必ず御恩返しを致しますと、涙ながらに誓ったものだ。

そして竜蔵が藤川弥司郎右衛門についた情ある嘘はすぐに見破られ、

「人助けをするのに嘘をつくことがあるものか。剣客も力士も相身互《あいみたが》いじゃ……」

弥司郎右衛門は旅籠《はたご》にもう二つ分の膳を頼むと仁兵衛に路銀を与え、大坂の相撲部屋に知り人がいる故訪ねてみるがよいと紹介の文を持たせてやったのである。

「剣竜殿、おぬしは昔、仁兵衛と言わなかったか……」

竜蔵は芝へと向かう船の中、剣竜に問うた。

「おお、その話をするのを忘れていたでごんす。大坂の親方に、名は大きいとか長いとかもっと景気のいい字を使った方が好いと言われ、長五郎と」

——そうか、仁兵衛と長五郎の名がどうしてもひとつにならなかったのだ。あの、行き倒れ寸前の痩せ細った仁兵衛から、今の剣竜長五郎が想像できようか。だが、あの日旅籠の裏手の物寂しい薄野原で、腹が膨れ元気が出た痩せっぽちの取的が、

「よし、わしは負けぬぞ！」

と、両の手の平で顔をパンパンとはたいて、満天の星に向かってシコを踏んだ気合は、あの日と変わっていなかった。

――思い出した。やっと思い出した。

満足そうに笑う竜蔵に、

「剣竜という名はもちろんのこと、剣術遣いの竜蔵さんに因《ちな》んでのことでごんす！

藤川先生はお亡くなりになったそうで……。今日の一番にまず勝って、お墓に参るつもりでごんす。峡先生、十年前に先生に会《お》うておらなんだら、わしは生きるために追剝《おいはぎ》をしていたかもしれませぬ。世の中には神も仏も情もある……。それを知ったからこそ、わしは世の中に背を向けずに、真っ直ぐに相撲の道を歩むことができたのでごんす。迷うことなく前へ前へと進めばきっと道は開けると、信じて身につけた剣竜長五郎の押し相撲、とくと御覧じ下さりませ……」

やがて芝神明に着き、深々と頭を下げた剣竜長五郎が土俵に向かう足取りに、毛筋ほどの迷いもなかった。

この日は晴天――境内に設えられた土俵の周りには黒山の人だかりがあった。

その中には特設の桟敷《さじき》に陣取る、豊津豊後守、それを取り巻く丸山蔵人を始めとする豊津家中の一団があった。

しかし、剣竜長五郎の取組相手・嵐谷岩太郎の贔屓である〝瑞穂屋〟の姿はなかった。

何でも、店に出入りするました屋与平なる俠客が、旗本屋敷で忍傷《にんじょう》沙汰を起こしたそうで、あれこれ役人に問い糺《ただ》されたとか――。

どうして早くもそれが明るみになったのかは、香具師の元締・浜の清兵衛だけが知るところなのであろう。

剣竜と嵐谷が相対《あいたい》する一戦は、立ち合うや、腰を落とし、一気に前へと出る剣竜が呆気《あっけ》ないほどの速さで嵐谷を土俵の外へと押し出した。

「押さば押せ、押して勝つのがこの剣竜長五郎の相撲でごんす」

その言葉通りの見事な押し相撲であった。

十年前瘦せっぽちの取的が若き名も無き剣客に、旅の空で誓った約束は、今この一番によって果されたのである。

さてその数日後のことである。

下谷車坂にある、赤石郡司兵衛の剣術道場に再び武者修行中の関田大八がやって来て、約束通り峡竜蔵との一本勝負を望んだ。

この日は特別に師の仕合を、竹中庄太夫、神森新吾、網結の半次も見取り稽古の意味を込め観戦に来ていた。

「えいッ！」

「やあッ！」

と、竹刀《しない》を交えた途端――。

「うりゃあ！　おてッ！」

と、再び関田はあの日と同じ猛牛の如き咆哮をあげて突進してきた。

しかし今日の竜蔵はまったく動ぜず、じっと腰を据え自らも前へ出て関田の打ち込みを受け止めると、鍔迫り合いから体当たりに来る関田を下から突きあげるように押して出た。

その刹那《せつな》。

何たることか——身の丈は六尺以上、目方は二十貫をはるかに超える関田の体が一瞬浮き足立ち、竜蔵の体当たりに撥ね返されて、背中から赤石道場の壁にぶつかり、その壁板を打ち破った。

「面なり……」

もんどりうって倒れた関田の面を、竜蔵はちょこんと打った。

「ま、参りましてござりまする……」

呆然自失たる様子で、関田は竜蔵に深々と頭を下げた。

「お見事!」

してやったりの竜蔵に、見所から雷の如き大音声《だいおんじょう》が届いた。

赤石郡司兵衛の隣に珍客があって、竜蔵の見事な腕前を見て大喜びしている。

関田大八さえ翳《かす》んで見える程の大男である。

珍客は豊津家お抱え力士・剣竜長五郎——。

大名お抱えとなった以上は立派な士分である。粂三という足軽を供に、江戸に名高き赤石道場の剣術稽古を見学に来ていたのである。

すべては剣竜がつけてくれたぶつかり稽古のお蔭だと、竜蔵は満面に笑みを浮かべて見所に向かって一礼した。

「いやいや、峡先生、素晴らしい稽古を見せて頂きましたわい！」

手放しに誉め称える剣竜に、竜蔵は大いに喜びつつも、

——この男には敵《かな》わねえや。

と、苦笑いを浮かべた。

見所から竜蔵の今の仕合を絶賛する声が響けども、道場に居る者達は皆一様に、竜蔵の体当たりなどには目もくれず、その声の主ばかりを見ていたのである。

本書は、ハルキ文庫（時代小説文庫）の書き下ろしです。

時代小説文庫

お 13-3

いもうと 剣客太平記《けんかくたいへいき》

著者 岡本《おかもと》さとる

2012年2月18日第一刷発行

発行者 角川春樹

発行所 株式会社 角川春樹事務所

〒102-0074 東京都千代田区九段南2-1-30 イタリア文化会館

電話 03(3263)5247[編集] 03(3263)5881[営業]

印刷・製本 中央精版印刷株式会社

フォーマット・デザイン&シンボルマーク 芦澤泰偉

ISBN978-4-7584-3634-2 C0193

http://www.kadokawaharuki.co.jp/[営業]

fanmail@kadokawaharuki.co.jp[編集] ご意見・ご感想をお寄せください。

書き下ろし **霊岸島の刺客** 南町同心早瀬惣十郎捕物控
千野隆司
早瀬惣十郎は、上司から大店の主・鐘左衛門の警護を頼まれたのだが、
その刺客とは——。愛する亡き夫のため、
仇討ちを決意した女の想いの深さを描く、シリーズ第5弾。

書き下ろし **わすれ形見** 南町同心早瀬惣十郎捕物控
千野隆司
産婆のおりきと南町奉行所定廻り同心早瀬惣十郎の養子・末三郎は、
ある日、身重の女を助けるが、母親の命を救うことは出来なかった。
この女は一体誰なのか……？　シリーズ第6弾。

書き下ろし **四つの千両箱** 南町同心早瀬惣十郎捕物控
千野隆司
仏具屋出雲屋の時価七百五十両はする仏像が奪われた。
南町奉行所の定町廻り同心・早瀬惣十郎は早速、
仏像と賊の行方を探索し始めるが……。シリーズ、第7弾。

書き下ろし **夏越《なご》しの夜** 蕎麦売り平次郎人情帖
千野隆司
南町奉行所定町廻り同心だった菊薗平次郎は隠居し、
蕎麦売りを始めた。江戸市井の人々の苦悩や悲しみを救う為、
平次郎が陰日なたに活躍する全三篇。待望の新シリーズ第1弾!

書き下ろし **菊月《きくづき》の香《か》** 蕎麦売り平次郎人情帖
千野隆司
菊薗平次郎と同じ長屋に住まうお舟の、六両の大金を目当てに
次々と難題が——。平次郎はお舟の力になろうとするが……。
蕎麦売り平次郎が陰日なたに活躍する全三篇。好評新シリーズ第2弾!